La magia del momento

Joan Hohl

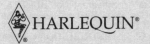

HARLEQUIN®

Editado por HARLEQUIN IBÉRICA, S.A.
Hermosilla, 21
28001 Madrid

© 2005 Joan Hohl. Todos los derechos reservados.
LA MAGIA DEL MOMENTO, Nº 1398 - 10.8.05
Título original: A Man Apart
Publicada originalmente por Silhouette® Books

Todos los derechos están reservados incluidos los de reproducción,
total o parcial. Esta edición ha sido publicada con permiso de
Harlequin Enterprises II BV.
Todos los personajes de este libro son ficticios. Cualquier parecido
con alguna persona, viva o muerta, es pura coincidencia.
® Harlequin, Harlequin Deseo y logotipo Harlequin son marcas
registradas por Harlequin Books S.A
® y ™ son marcas registradas por Harlequin Enterprises Limited y
sus filiales, utilizadas con licencia. Las marcas que lleven ® están
registradas en la Oficina Española de Patentes y Marcas y en otros
países.

I.S.B.N.: 84-671-3000-8
Depósito legal: B-30122-2005
Editor responsable: Luis Pugni
Composición: M.T. Color & Diseño, S.L.
C/. Colquide, 6 portal 2 - 3º H, 28230 Las Rozas (Madrid)
Fotomecánica: PREIMPRESIÓN 2000
C/. Algorta, 33. 28019 Madrid
Impresión y encuadernación: LITOGRAFÍA ROSÉS, S.A.
C/. Energía, 11. 08850 Gavá (Barcelona)
Fecha impresion para Argentina: 2.5.06
Distribuidor exclusivo para España: LOGISTA
Distribuidor para México: CODIPLYRSA
Distribuidores para Argentina: interior, BERTRAN, S.A.C. Vélez
Sársfield, 1950. Cap. Fed./ Buenos Aires y Gran Buenos Aires,
VACCARO SÁNCHEZ y Cía, S.A.
Distribuidor para Chile: DISTRIBUIDORA ALFA, S.A.

Capítulo Uno

Justin Grainger era un hombre diferente, y le gustaba ser así. Era un hombre que estaba contento con su vida. Su afinidad con los caballos era asombrosa, y le gustaba su trabajo, que consistía en ocuparse de llevar su aislado rancho de caballos en Montana.

Pero Justin no era un ermitaño ni un lobo solitario, ni mucho menos. Le gustaba la fácil camaradería que compartía con los mozos del rancho y su capataz, Ben Daniels. Y aunque Justin no había querido volver a tener una mujer en su propiedad desde su fracasado matrimonio y divorcio cinco años atrás, había aceptado la presencia de la nueva esposa de Ben, Karla. Karla había sido la ayudante personal de Mitch, el hermano de Justin, que dirigía el casino que la familia poseía en Deadwood, en Dakota del Sur.

Justin también iba de vez en cuando a visitar a sus padres, ahora jubilados, que habían trasladado su residencia a Sedona, Arizona, un lugar con temperaturas mucho más cálidas durante todo el año. Los dos contaban con buena salud y disfrutaban de una intensa vida social. Su hermana Beth, aún soltera, vivía en San Francisco dedicada al mundo de la moda, y su hermano mayor, Adam, regentaba los distintos negocios familiares desde las oficinas centrales en Casper, Wyoming.

Adam estaba casado con una mujer encantadora, llamada Sunny, a quién en principio Justin había decidido tolerar en nombre de la unidad familiar, pero a la que pronto llegó a admirar y respetar, y a la que quería casi tanto como a su propia hermana. El matrimonio tenía una niña pequeña, Becky, a la que Justin adoraba.

De vez en cuando, Justin incluso pasaba algún tiempo con alguna que otra mujer, siempre que ella estuviera dispuesta y no buscara ataduras ni compromisos por su parte, y eso era para él la situación perfecta. Justin aseguraba que era mucho más fácil tratar con caballos que con mujeres, mucho menos polémicos, y que además nunca le llevaban la contraria, por lo que era mucho más fácil hablar y entenderse con ellos.

A pesar de todo, después de un largo y caluroso verano con trabajo hasta las cejas, un otoño igual de ajetreado, y un invierno que acababa de empezar, Justin se sentía inquieto y no protestó mucho cuando recibió una llamada urgente de su hermano Mitch la semana antes de Navidad.

—Necesito que vengas a Deadwood —dijo Mitch, tan directo como siempre.

—¿Sí? ¿Por qué? —respondió Justin, en el tono indiferente que le era habitual.

—Me caso y quiero que seas mi padrino —le espetó Mitch—. Por eso.

Para dejar a cualquiera con la boca abierta, la explicación de su hermano no tenía rival, reconoció Justin para sus adentros.

Lo cierto era que la relación entre los hermanos Grainger se asentaba sobre las bases de una total lealtad y devoción en cualquier situación.

–¿Cuándo la has perdido, Mitch? –preguntó Justin por fin, adoptando un suave tono de lástima.

–¿Perder qué? –preguntó su hermano, un tanto perplejo.

Justin sonrió.

–La cabeza, hermanito, la cabeza. Tienes que haberla perdido irremisiblemente para tirarte de cabeza al pozo del matrimonio.

–No he perdido ninguna cabeza, hermanito –respondió Mitch, divertido–. Por muy manido que te suene, lo que he perdido ha sido el corazón.

Imposible que Justin dejara pasar el comentario de su hermano sin hacer algún comentario sarcástico.

–De «que me suene» nada –repuso Justin, disfrutando inmensamente–. Es lo más manido que he oído en mi vida, sin más.

Mitch soltó una carcajada.

–No sé qué decirte, hermano –dijo, poniéndose serio de repente–. Estoy totalmente enamorado de ella.

Oh, sí, pensó Justin, escuchando la intensidad en la voz de su hermano. Mitch hablaba totalmente en serio. Estaba coladito por una mujer, y él sospechaba de quién se trataba.

–Es Maggie Reynolds, ¿verdad?

–Sí… claro.

Claro. A Justin no lo sorprendió, en absoluto. Una ligera sonrisa curvó sus labios. De hecho, después de todos los increíbles comentarios que ha-

5

bía oído a su hermano sobre la señorita Reynolds desde que ésta ocupó el puesto de ayudante personal que Karla había dejado vacante, Justin tenía que haber estado preparado para el anuncio de la boda en cualquier momento.

–¿Y bien?

La voz impaciente de Mitch se abrió paso entre los pensamientos de Justin.

–¿Y bien qué? –preguntó Justin.

Mitch suspiró largamente, y Justin apenas pudo contener una carcajada.

–¿Serás el padrino de mi boda?

–¿Por qué no? –repuso Justin–. Desde luego me apetece más que ser el novio.

–Descuida, que en mi boda no lo serás.

–¿Cuándo quieres que vaya a Deadwood? –peguntó Justin, tras soltar una risita.

–Hemos fijado la fecha para el primer sábado de enero, pero podrías venir a pasar la Navidad con nosotros –sugirió Mitch, con cautela.

–Me temo que no –respondió Justin, dirigiendo una mirada al enorme abeto decorado que había delante del ventanal del salón.

El árbol, junto con otras decoraciones navideñas en distintos puntos de la casa, era una concesión a la nueva esposa de Ben, pero no significaba que él estuviera dispuesto a unirse a las celebraciones de la Navidad.

–Ya sabes que no me gusta...

–La Navidad –terminó Mitch por él–. Sí, lo sé –su hermano dejó escapar un cansado suspiro–. Esta Navidad hace cinco años que Angie se largó con aquel vendedor. ¿No crees que ya es hora de olvidarlo, Justin, y buscar una mujer buena y decente que...?

–Déjalo, Mitch –le advirtió Justin en tono seco, sin querer recordar aquel amargo invierno–. La única mujer que quiero encontrar no tiene que ser ni buena ni decente, sólo necesito que tenga ganas de pasar un buen rato.

–Eh, eh –dijo Mitch en tono de desaprobación–. Confío en que si esperas buscar a alguien así aquí en Deadwood lo hagas con discreción.

–No quieres que escandalice a tu futura señora, ¿eh?

–A mi futura señora, y a la señora de Ben, y a la señora de Adam –respondió Mitch, serio–. Por no hablar de tu madre y tu hermana Beth.

–¡Ay! –rió Justin–. Está bien. Seré superdiscreto, incluso circunspecto.

Mitch se echó a reír.

–Como quieras.

–A propósito, ¿va a ser Karla la dama de honor?

–Sí, pero habrá dos.

–¿Dos qué?

–Dos damas de honor –explicó Mitch–. La mejor amiga de Maggie viene desde Filadelfia después de pasar por Nebraska para ser su dama de honor.

–¿Desde Filadelfia pasando por Nebraska?

–Vive en Filadelfia –explicó Mitch–. Maggie es de allí.

–Sí, ya lo sé, pero ¿qué tiene que ver con Nebraska?

–Hannah es de Nebraska. Va a visitar a su familia antes de venir a Deadwood.

–Hannah, ¿eh?

Justin imaginó inmediatamente a una mujer seria y de aspecto anticuado que encajara con aquel nombre también anticuado. Una mujer remilgada, formal, virginal y seguramente feísima.

–Sí, Hannah Deturk.

Y, con ese apellido, además mojigata.

–Y más vale que seas amable con ella –le advirtió Mitch.

–Claro que seré adorable con ella. ¿Por qué demonios no iba a serlo? –dijo Justin, sinceramente herido por la advertencia de su hermano.

¿Por qué se creería en la necesidad de hacerle semejante advertencia? Ni que fuera un mujeriego, corriendo todo el día detrás de unas faldas.

–Vale –el tono de Mitch era conciliador–. Nunca has guardado en secreto lo que piensas de las mujeres y no quiero que hagas nada que pueda molestar a Maggie.

–Suenas tan pillado como Ben –dijo Justin, divertido, a la vez que desviaba el tema de conversación–. Esta vez te ha dado bien fuerte, ¿verdad?

–La amo más que a mi propia vida, Justin –admitió Mitch, con firmeza.

–Te he oído, y te prometo que me comportaré como un auténtico caballero.

Justin sabía que nunca había sentido lo que parecía sentir su hermano por una mujer, ni siquiera por su ex mujer, Angie, y estaba seguro de que jamás lo sentiría.

Qué demonios, ni siquiera quería sentir un tipo de emoción tan intensa por ninguna mujer, se dijo minutos más tarde, con el ceño fruncido, mientras colgaba el teléfono.

Lo único que podía conseguir era sufrimiento y dolor. Y no quería volver a pasar por ahí.

Primero Ben y Karla, ahora Mitch y Maggie, musitó mirando a ninguna parte, y las dos parejas en menos de un año.

Aunque Justin no era dado a dejarse llevar por ideas extravagantes, se preguntó si el agua de Deadwood no tendría algún tipo de afrodisíaco, o quizá sería el ambiente en el casino, que emanaba una especie de hechizo amoroso al aire.

El día después de Navidad Justin salió hacia Deadwood, convencido de que él era inmune a cualquier tipo de hechizo o poción. Él ya había aprendido la lección.

A Hannah Deturk no le hizo ninguna gracia tener que dejar Filadelfia la tercera semana de diciembre para dirigirse a Dakota del Sur, aunque pasando primero por Nebraska. Para ella, Deadwood, Dakota del Sur, era como el fin del mundo e incluso peor, un lugar mucho más perdido y aislado que la parte de Nebraska donde había nacido y crecido.

Después de licenciarse en la universidad y mudarse, primero a Chicago, donde hacía demasiado viento, después a Nueva York, que era demasiado grande, y por fin a Filadelfia, donde había encontrado su nuevo hogar, Hannah se había jurado no volver jamás a esa parte del país, excepto para visitar a sus padres. También se había prometido no ir nunca entre noviembre y marzo, e incluso octubre, abril y mayo le parecían meses muy arriesgados.

Sólo una petición de sus padres o, como era el caso, el matrimonio de su querida amiga Maggie, podían convencerla para dedicar las tres semanas de vacaciones que se permitía al año a una remota y provinciana ciudad de Dakota del Sur llamada Deadwood, donde abundaban los casinos y el juego.

No le gustaba el juego. Nunca había pisado los casinos de Atlantic City, apenas a una hora de distancia de Filadelfia. Y sin embargo, cuando Maggie la llamó para decirle que se casaba en enero y le pidió que fuera una de sus damas de honor, a Hannah ni se le pasó por la imaginación rechazar la invitación.

Así, unos días después de Año Nuevo, y tras haber pasado las navidades con su familia en Nebraska, Hannah se encontró de nuevo en la carretera, al volante de un todoterreno alquilado, bajo una ligera nevada, camino de Deadwood.

Cuando llegó por fin a la ciudad que se había hecho famosa, entre otras cosas, por las hazañas de las legendarias figuras de Juanita Calamidad y Bill Hickok, ya había oscurecido y las calles estaban cubiertas de nieve.

Los días de la tristemente famosa pareja quedaban muy lejos, y Deadwood era prácticamente idéntica a cualquier pequeña ciudad del centro de Estados Unidos.

Hannah echó de menos Filadelfia, que ahora estaría sufriendo la hora punta de la tarde y el tráfico sería horrible. Incluso eso echaba de menos.

Aunque pensándolo mejor, quizá no.

Sonriendo para sus adentros, Hannah se concentró en las calles buscando el lugar donde Maggie le había indicado que debía girar. Minutos después detuvo el vehículo delante de un enorme edificio de estilo victoriano que había sido reconvertido en apartamentos.

No le extrañaba que Maggie se hubiera enamorado de la casa, pensó Hannah, apeándose del jeep para admirar, a través de la fina capa de nieve que caía, la antigua mansión que fue antaño la residencia familiar de los Grainger. Era un edificio impresionante, que traía a la mente imágenes de una era pasada, llena de elegancia y esplendor.

–¡Hannah!

Hannah parpadeó de regreso al presente al escuchar el entusiasmado grito de su amiga Maggie, que bajaba corriendo por la escalinata de piedra, sin abrigo y sin paraguas, hacia ella.

–¡Maggie! –Hannah abrió los brazos para abrazar a su amiga–. ¿Estás loca o qué? –preguntó, riendo, dando un paso atrás para contemplar el rostro resplandeciente de su amiga–. Está nevando y hace un frío que pela.

–Sí, estoy loca –respondió Maggie, riendo a su vez–. Tan loca y tan enamorada que ni siquiera siento el frío.

–Tienes a tu amorcito para tenerte calentita, ¿verdad? –bromeó Hannah.

–Sí, así es –le aseguró Maggie, a la vez que se estremecía por el frío–. Estoy impaciente por presentártelo.

–Yo también estoy impaciente por conocer al afortunado –dijo Hannah, sujetándose al brazo de Maggie y echando a caminar junto a ella hacia la

11

casa–. Pero entretanto, será mejor que entremos. Estoy helada.

–Adentro se está mucho mejor –le aseguró Maggie con una radiante sonrisa–. Incluso en mi nidito de la tercera planta.

Por un momento, Hannah se soltó del brazo de Maggie y miró hacia su coche.

–Ve tú delante. Voy a buscar mis maletas y estaré contigo en un minuto.

–¿Has traído el vestido para la boda?– preguntó Maggie, desde el porche cubierto de la casa.

–Claro que sí –le gritó Hannah desde el maletero abierto del coche, estremeciéndose al sentir el azote de la nieve helada en la cara–. Ahora mismo entro.

Media hora más tarde, con las maletas deshechas, y el vestido especial que con tanto ahínco había buscado por todo Filadelfia colgado en una percha del armario, Hannah estaba sentada en un cojín en la alcoba del cálido «nidito» de Maggie, con una taza de leche con cacao en las manos.

Con cuidado, bebió un trago y suspiró.

–Mmm, delicioso. Pero muy caliente. Me he quemado la lengua.

Maggie se echó a reír.

–Tiene que estar caliente –dijo su amiga, divertida–. Por eso quita el frío.

La ligera mueca de dolor en el rostro de Hannah se convirtió en una suave sonrisa. Era maravilloso volver a ver reír a su amiga, ver el resplandor de felicidad en su rostro, que había sustituido al amargo dolor de la traición del verano anterior.

–Esta vez sí que estás enamorada –dijo Hannah, bebiendo otro sorbo con cuidado–, ¿verdad?

12

–Sí. Aunque hace unos meses no lo hubiera creído posible, estoy muy enamorada –dijo Maggie, con un suspiro de satisfacción y expresión soñadora en los ojos–. Mitch es tan maravilloso, tan…

–¿Tan todo lo que no era Todd? –terminó Hannah la frase por ella.

–¿Qué Todd? –preguntó Maggie, con fingida inocencia.

Hannah sonrió, convencida por fin de que su amiga estaba totalmente recuperada.

–Oh, ya sabes, el Todd aquel como se llame, el idiota con el que te ibas a casar. El mismo idiota que se casó con la hija de su jefe.

Maggie hizo una mueca.

–Oh, aquel idiota. Sí, Mitch es todo lo que no era Todd –le aseguró, con una suave sonrisa–. Y mucho más que eso.

–Bien.

Hannah se relajó totalmente al escuchar las palabras de su amiga, y estudió el rostro radiante de Maggie.

–Esta vez estás enamorada de verdad –murmuró Hannah–, ¿no es así?

Maggie se echó a reír.

–¿No acabo de responderte a esa pregunta hace un momento? Sí, Hannah, estoy profundamente, locamente, desesperadamente, deliciosamente…

–Está bien, está bien –la interrumpió Hannah, alzando las manos en el aire y riendo–. Te creo.

–Ya era hora –dijo Maggie, riendo con ella–. ¿Quieres algo más? ¿Una galleta?

–No, gracias –dijo Hannah, negando con la cabeza–. Todavía me queda leche en el vaso, y ya he comido muchas galletas. Están deliciosas.

–Las ha hecho Karla.

Hannah frunció el ceño.

–¿Karla?

Entonces recordó lo que Maggie le había contado sobre su trabajo.

–Oh, ya me acuerdo, la mujer que sustituiste en el trabajo, la que será también dama de honor.

–Sí –dijo Maggie–. Le encanta cocinar, y preparó estas galletas para Navidad. Cuando vino, nos trajo unas pocas.

–Qué considerada –dijo Hannah, sonriendo–. Así que supongo que ya está aquí. Tengo muchas ganas de conocerla.

–Sí, está aquí, en Deadwood. Karla, y su marido, Ben, y su bebé –dijo Maggie, y se echó a reír–. La verdad es que está toda la panda.

–¿Panda? –preguntó Hannah, extrañada, arqueando una ceja.

–Sí, toda la familia de Mitch –explicó Maggie–. Han ido llegando con cuentagotas en los últimos dos días. Los padres de Mitch, sus dos hermanos, uno solo, el otro con su familia, y su hermana. Los conocerás a todos el viernes por la tarde en el ensayo, y tendrás la oportunidad de hablar con ellos en la cena que hemos reservado después.

–¿Cena? ¿Dónde?

–Mitch ha hecho una reserva para todos en el hotel Bullock.

–Oh.

Por supuesto que Hannah no tenía idea de dónde podía estar el hotel Bullock, pero tampoco importaba.

–¿Y entonces conoceré a Mitch?

Eso sí que le importaba. Y mucho. Hannah había sido testigo del dolor y la humillación a la que el anterior prometido de Maggie la había sometido. Aunque nunca llegó a confiar ni a apreciarlo plenamente, ya que le había resultado demasiado hipócrita y falso desde el primer momento, habría preferido que sus sospechas sobre él no se hubieran hecho realidad.

–No –dijo Maggie, negando con la cabeza–. Conocerás a Mitch esta noche. Vendrá por aquí un poco más tarde. Le he hablado mucho de ti, pero aunque tiene muchas ganas de conocerte, quería darnos un poco de tiempo a solas, para que habláramos de nuestras cosas. Es así de considerado.

«Eso lo decidiré yo», se dijo Hannah para sus adentros, aunque parecía que esta vez Maggie estaba realmente enamorada.

–¿Cómo es? –preguntó–. Estar enamorada, quiero decir.

–Es todas las cosas que he dicho antes, aunque también da un poco de miedo.

–¿Miedo?

Todos los sentidos de Hannah se pusieron de nuevo en alerta. ¿No sería que aquel Mitch Grainger era un matón, o un abusador? No podía imaginar que una mujer tan independiente como su amiga se enamorara de un hombre capaz de intimidarla, pero no podía evitar recordar que Maggie había estado a punto de casarse con un impresentable hipócrita y mentiroso como Todd.

–Bueno, quizá la palabra no sea miedo –dijo Maggie, tras quedar pensativa unos minutos–. Es todo tan nuevo y repentino, y casi demasiado emocionante, demasiado intenso. Ya sabes cómo es el amor.

Desde luego aquella vez sí que parecía ir en serio, pensó Hannah. ¿Demasiado emocionante? ¿Demasiado intenso? Estaba impaciente por conocer al novio.

—La verdad es que no —admitió en voz alta—. No lo sé.

Maggie parpadeó con perplejidad.

—Estás de broma.

—No, en absoluto.

—¿Nunca has estado enamorada? ¿Y aquel chico con el que saliste en la universidad?

—Oh, pensaba que estaba enamorada de él, es verdad —explicó Hannah—. Resultó que al final era una combinación de química y hormonas desbocadas, lo que normalmente se llama simple lujuria —añadió en tono irónico, con una burlona sonrisa en los labios.

—Pero... ¿desde entonces..? —insistió Maggie.

—No.

Hannah apuró la taza de leche con cacao. Se había quedado tan seria como su vida amorosa. Más bien, su inexistente vida amorosa.

—Ha habido un par de flirteos, un poco de actividad sexual, pero no mucho. Hubo una relación breve, aunque a mí me parecía prometedora, de la que nunca te hablé. Pero la verdad es que nunca acabó de arrancar —le contó, encogiéndose de hombros—. Nada que se pueda parecer ni por asomo a lo que tú has descrito.

—Oh, es una lástima. Todo el tiempo que hace

que nos conocemos, y nunca supe, ni siquiera me imaginé... siempre has sido muy discreta en todo lo referente a tu vida personal.

Hannah se echó a reír.

–Eso era porque no tenía vida personal, al menos nada que mereciera una conversación.

–Nunca imaginé... –Maggie de repente suspiró, y sonrió–. Oh, qué ganas tengo de que te enamores de una vez y sientas esta sensación tan emocionante como de burbujas de champán que te suben por dentro.

–No estoy segura de que me apetezca mucho sentir eso –dijo Hannah, moviendo lentamente la cabeza de un lado a otro.

–¿No quieres? –exclamó Maggie, sorprendida–. Pero ¿por qué?

–Porque... –Hannah titubeó un segundo, eligiendo cuidadosamente sus palabras para no ofender a su amiga–. No creo que quiera exponerme hasta tal punto.

–¿Exponerte? –Maggie frunció el ceño, sin entender–. No entiendo lo que quieres decir. ¿Exponerte a qué?

–A esa clase de vulnerabilidad emocional –respondió Hannah.

Maggie sonrió divertida.

–Estás loca, ¿lo sabes? ¿No te das cuenta de que si yo estoy emocionalmente vulnerable, Mitch también lo está, de la misma manera?

–Supongo que sí –murmuró Hannah, sin expresar en voz alta sus dudas respecto a que así fuera.

Hannah se guardó sus dudas para sus aden-

17

tros. Siempre se le había dado bien distinguir la verdadera personalidad que se escondía detrás de lo que las personas ofrecían de sí mismas al público, y en el caso de Todd no se había equivocado.

«Espera y verás», se dijo a sí misma, arqueando una ceja, cuando vio que Maggie fruncía el ceño pensativa, y se mordisqueaba el labio inferior.

–¿Ocurre algo? –preguntó Hannah.

Maggie alzó los hombros, en gesto de indecisión.

–No, la verdad. Es sólo que...

–¿Sólo que...?

Maggie suspiró.

–Bueno, creo que debo ponerte en aviso sobre el padrino, el hermano de Mitch, Justin.

–¿En aviso? –preguntó Hannah, sonriendo divertida–. ¿Por qué, es una especie de ogro o de monstruo?

Maggie sonrió a su vez.

–No, claro que no. Es sólo que, no sé, es diferente. Un poco más bruto, no tan refinado como Mitch o su hermano mayor, Adam.

–¿Te refieres a grosero? –preguntó Hannah, alzando una ceja.

–No, no –Maggie negó con la cabeza–. Es más directo, más brusco. Tengo entendido que le gusta estar solo, y que cree que las mujeres sólo sirven para una cosa.

–Supongo que no tengo que preguntar qué cosa es –dijo Hannah.

En ese momento se le ocurrió algo que provocó un destello de ira en sus ojos.

–¿No habrá sido un poco brusco, o quizá incluso grosero contigo? –quiso saber.

–¡En absoluto, no! –exclamó Maggie, con una carcajada–. La verdad es que es muy educado, y muy agradable.

–Entonces ¿cómo sabes que cree que …?

Maggie la interrumpió.

–Porque Mitch me puso sobre aviso –se echó a reír–. Me dijo que si a su hermano se le ocurría decirte a ti o a quien fuera una palabra fuera de lugar se lo dijera inmediatamente –la carcajada se convirtió en una risita–. Mitch dijo que, como lo hiciera, fregaría el suelo del casino con él. Lo que, cuando lo conocí, me pareció desternillante.

Sin entender nada, Hannah estaba a punto de pedir una explicación más completa, cuando Maggie echó un vistazo al reloj, separó la silla de la mesa y se levantó.

–Creo que será mejor que me ponga con la cena –dijo–. No sé tú, pero yo tengo hambre. Y le dije a Mitch que tomaríamos el café y el postre con él.

–Está bien, te ayudo –dijo Hannah, poniéndose en pie y desperezándose.

–Pero eres mi invitada –protestó Maggie–. La primera que he tenido en este apartamento.

–Qué invitada ni qué nada –le respondió Hannah–. No soy una invitada, soy una amiga, tu mejor amiga, ¿de acuerdo?

–De acuerdo –dijo Maggie, asintiendo vigorosamente con la cabeza. Pero acto seguido puntualizó–: Después de Mitch, por supuesto.

–Oh, por supuesto –dijo Hannah, con una sonrisa, rodeando la mesa–. ¿Qué hay en el menú?

–Pasta.

–Mmm –murmuró Hannah–. ¿De qué tipo?

Siendo la segunda mejor amiga de Maggie, conocía bien la pasión de su amiga por la comida italiana.

–Ravioli con guisantes, zanahorias, nueces y una deliciosa salsa vinagreta.

–Qué rico –dijo Hannah, sintiendo que se le hacía la boca agua–. ¿Y de postre?

–Una sorpresa –dijo Maggie, con un brillo especial en los ojos.

–Oh, venga, dímelo –insistió Hannah.

Maggie negó con la cabeza.

–Lo único que te diré es que Karla me enseñó a hacerlo, y que es delicioso –aseguró la joven, con una risita divertida.

Después de la fabulosa cena, Hannah se apoyó en el respaldo de la silla.

–Estaba buenísimo –dijo, con un suspiro de satisfacción.

–Gracias –dijo Maggie, arqueando una ceja. Se puso de pie para empezar a recoger la mesa–. ¿Qué tal va tu trabajo?

–Según el programa previsto –le aseguró su amiga–. He calculado que para cuando tenga ochenta o noventa años seré la mejor asesora de marketing del mercado –añadió, levantándose para ayudar a su amiga.

Maggie la miró con el ceño fruncido.

–No, en serio, dime qué tal te va.

–Muy bien, la verdad –le respondió Hannah, ayudando a Maggie a colocar los platos sucios dentro del lavavajillas–. En noviembre subí mis honorarios, y ninguno de mis clientes protestó. Mis ingresos de este año me han puesto en un tramo fiscal más alto, y no me importa en absoluto.

–Eso es fantástico –exclamó Maggie, dándole un abrazo–. Enhorabuena.

–Gracias –dijo Hannah con sencillez–. Aun a riesgo de parecer un poco arrogante, puedo asegurarte que en estos momentos me siento bastante satisfecha conmigo misma.

–¿Y por qué no? –dijo Maggie, con las manos apoyadas en las esbeltas caderas–. Tienes que estar satisfecha y encantaba. Has trabajado muchísimo para llegar hasta donde estás, eso lo sé porque lo viví día a día. Siempre te he apoyado, igual que tú siempre me has apoyado a mí, ¿te acuerdas?

Hannah sonrió, recordando el día, apenas unos meses atrás, que entró en el apartamento de Maggie y vio a su amiga cortando y haciendo trizas el exquisito y carísimo traje de novia que tenía preparado para su próxima boda.

–¿Que si me acuerdo? ¿Cómo podría olvidar todo el dolor que hemos compartido, y lo mucho que nos hemos divertido juntas?

–Bien, mientras estés aquí, prefiero que recordemos sólo los buenos momentos y nos olvidemos por completo de los malos, ¿trato hecho?

Hannah se echó a reír.

–Trato hecho.

Las dos amiga se abrazaron y sujetándose por la

cintura fueron hasta el banco pegado a la pared debajo de la ventana, donde se sentaron y charlaron mientras esperaban la llegada de Mitch.

A cada momento que pasaba, el rostro de Maggie se hacía más resplandeciente, y sus ojos brillaban de antelación. Y con cada momento, Hannah se notaba también cada vez más nerviosa y expectante, preguntándose qué tipo de hombre sería Mitch Grainger. Por no hablar de su enigmático hermano.

Capítulo Dos

Después de haber escuchado en varias conversaciones telefónicas las explicaciones de Maggie sobre lo apuesto, lo interesante, lo maravilloso y lo atractivo que era su jefe y prometido, Hannah estaba preparada para el impacto visual de Mitch Grainger.

Por eso, cuando éste llegó al apartamento de Maggie media hora más tarde, ni la sorprendió ni la defraudó. Mitch parecía ser todo lo que Maggie aseguraba de él, e incluso más. Era un hombre educado y cortés. Amable y tierno con Maggie, y un perfecto caballero con Hannah.

Hannah no pudo evitar observar que cada vez que Mitch miraba a su prometida, sus ojos brillaban con una mezcla de adoración, alegría y hambre sexual. Muy a su pesar, Hannah tuvo que reconocer que aquel destello de luz provocaba cierta sensación de inquietud en su pecho.

¿Sería envidia de Maggie y las emociones que despertaba en Mitch sólo al verla y tenerla cerca?

¿Envidia? ¿De su mejor amiga? La idea la hizo sentirse entre confundida y avergonzada. Quizá si hubieran estado ellos tres solos alrededor de la pequeña mesa tomando café, Hannah habría podido examinar aquellas sensaciones con mayor detenimiento.

Pero Mitch no fue solo al apartamento.

Aunque Hannah estaba preparada para el prometido de Maggie, el impacto que tuvo en ella el hermano mayor de Mitch, Justin, la pilló totalmente desprevenida.

Y menudo impacto había sido. Hannah sintió las reverberaciones en cada molécula de su ser, las sintió y las detestó. Físicamente, los dos hermanos eran bastante parecidos, aunque su forma de vestir no podía ser más diferente.

Mitch llevaba un traje de chaqueta azul marino, una camisa azul cielo, una corbata a rayas azul y gris y un abrigo largo de cachemira gris, en resumen, la imagen del perfecto hombre de negocios. Justin, por su parte, se había quitado un sombrero vaquero de piel marrón, bastante usado y desgastado, y una chaqueta de ante beige. Debajo de la chaqueta, llevaba una camisa azul metida en unos desgastados pantalones vaqueros que marcaban las estrechas caderas y las largas piernas. En los pies, unas botas vaqueras de punta.

Justin Grainger, con casi metro noventa y cinco de estatura, media casi veinte centímetros más que Hannah. Su cuerpo, delgado pero musculoso, se alzaba como una torre de poderosa masculinidad.

Al instante Hannah comprendió por qué a Maggie le había resultado tan divertido que Mitch amenazara a su hermano con fregar el suelo del casino con él si se le ocurría decir algo fuera de lugar. Porque aunque Mitch parecía bastante capaz de fregar el suelo con casi cualquier hombre, era evidente que su hermano no era uno de ellos.

Justin Grainger tenía el pelo oscuro, con mechones plateados en las sienes, y un poco largo en la nuca. Sus ojos, grises y fríos como las aguas del Atlántico Norte en enero, eran penetrantes como el helado viento de invierno, a la vez que distantes y remotos. Y cada vez que dirigía su mirada fría y calculadora pero inevitablemente sexual hacia Hannah, ésta sentía un escalofrío que la recorría desde la cabeza a las puntas de los pies.

La inmediata conclusión de Hannah respecto a los dos hermanos fue que Mitch tenía un carácter fuerte y dinámico, mientras que Justin era un volcán silencioso pero ardiente de sexualidad contenida, dispuesto a entrar en erupción sin previo aviso sobre cualquier mujer inocente y desprevenida que se cruzara en su camino.

Afortunadamente, después de sobrevivir una relación sentimental dos años atrás, una relación que le había hecho tanto daño que ni siquiera había hablado de ella ni de sus consecuencias con Maggie, Hannah no era en absoluto una mujer inocente y mucho menos desprevenida. Al contrario, su actitud hacia los hombres era de no confiar en ninguno.

Cuando Maggie los presentó, Hannah aceptó primero la mano que le ofrecía Mitch. Era una mano cálida, el apretón cortés. Pero apenas pudo pensar en su saludo, ya que lo único que podía escuchar era el sonido de la electricidad estática al estrechar la mano extendida de Justin. No sólo la oyó, sino que la sintió zigzagueando desde la palma de la mano a cada partícula de su cuerpo.

Hannah dirigió una rápida mirada hacia Maggie y Mitch, pero la pareja se había alejado hacia el pasillo, a colgar los abrigos de los hombres en el armario del vestíbulo.

–Señorita Deturk.

Eso fue todo lo que dijo Justin. Su apellido. Ni siquiera su nombre de pila. Su voz era grave, su tono inquietantemente íntimo. Hannah sentía la mano como si se la hubiera marcado a fuego. No se había dado cuenta de que él seguía sujetándola firmemente entre sus dedos. Volvió la mirada hacia él, sintiendo que se le secaba la boca al ver las diminutas llamas que bailaban en las profundidades de los fríos ojos grises.

Sintiéndose ligeramente desorientada, y molesta por su reacción, recuperó su mano y murmuró:

–Señor Grainger.

–Justin.

–Justin –repitió ella, inclinando la cabeza, sintiéndose como una adolescente, sin saber que daba la impresión de ser una arrogante reina fría y distante, en actitud condescendiente con uno de sus súbditos más humildes.

Una sonrisa curvó los tentadores labios masculinos.

–¿Puedo llamarte Hannah? –dijo él, casi en un susurro.

«Oh, no», pensó ella.

Su voz era incluso más grave, más íntima, y mucho más cautivadora cuando la tuteaba.

Convencida de que su cerebro había quedado reducido a una pequeña masa inerte, Hannah apenas pudo balbucear su respuesta.

–Como quieras.

–Bien, ¿listos para el postre?

La animada voz de Maggie disolvió la extraña neblina que parecía rodearlos.

«Gracias a Dios por la interrupción», pensó Hannah, dando la espalda al hombre.

–¿Tienes café? –preguntó Mitch.

–Claro que sí –dijo Maggie, cruzando el salón hacia la pequeña cocina.

Agradeciendo la excusa para alejarse del poderoso cuerpo de Justin y el efecto que estaba teniendo en ella, Hannah corrió a ayudar a Maggie. Sirvió el café, con sumo cuidado de no mirar directamente al hombre. Creía que ya tenía la situación controlada cuando volvió a sentarse otra vez a la mesa, esta vez junto a Justin.

En el mismo momento en que se sentó en la silla, supo que estaba totalmente equivocada.

Bajo la amable mirada de Justin Grainger, el entusiasmo y el interés de Hannah por el café y el postre sorpresa prometido por Maggie se desvanecieron.

–¿Qué es? –preguntó Mitch, mirando la fuente que Maggie había colocado en la mesa, donde parecía haber una mezcla de ingredientes al azar.

Maggie sonrió.

–Karla lo llama Paradisíaca Sorpresa Hawaiana. Lleva piña, cerezas, almendras y nata, y os lo aseguro, está de muerte.

–Ahora lo veremos, o mejor dicho probaremos –dijo Mitch, en un tono divertido y cargado de afecto.

Pero su hermano se le adelantó. Tomó una cucharada de la mezcla y se la metió en la boca.

–Delicioso –aseguró, saboreándolo.

Una vez más, el tono grave y ultrasensual de la voz de Justin provocó un escalofrío que recorrió toda la columna vertebral de Hannah. Fue un escalofrío que ella no conocía, y que ni deseaba ni apreciaba. Al mismo tiempo, el destello en sus ojos desencadenó una desconocida sensación de calor en lo más hondo de sus entrañas.

Molesta consigo misma por ser incapaz de controlar sus reacciones, Hannah no pudo evitar sentir la extraña mezcla de atracción y rechazo que Justin provocaba en ella. Sólo con mirarla, él hacía que todo su cuerpo chisporroteara de deseo.

Maldita sea.

Hacía mucho tiempo que Hannah no reaccionaba tan cálidamente ante un hombre, y desde luego nunca había chisporroteado por ninguno. Pero la honestidad que la caracterizaba la obligó a admitir que en aquel momento lo estaba haciendo por Justin.

Y no le hacía ninguna gracia.

La conversación que entablaron entre los cuatro era general; para Hannah, aburrida. Aunque su aspecto era el de una mujer con gran aplomo y serenidad, por dentro se sentía tensa y paralizada.

Aquella noche, después de que los dos hermanos se fueran del apartamento, Hannah permaneció despierta en la cómoda cama que Maggie le había preparado. En silencio examinó las conflictivas emociones que Justin Grainger había despertado en su cuerpo y en su mente de forma tan casual y con tan poco esfuerzo.

Se sentía vacía, necesitada. Casi la asustaba. ¿Cómo podía haber pasado?, se preguntaba. Ella no era en absoluto del tipo de mujer que se ponía nerviosa e inquieta por la mirada de un hombre, y menos aún por el sonido grave y sensual de su voz.

Desde luego, Justin no había dicho ni hecho nada fuera de lugar. Había sido tan educado y respetuoso como su hermano Mitch.

Excepto con los ojos. Justin Grainger tenía unos ojos penetrantes e intensos.

Un estremecimiento la recorrió, y ella se acurrucó aún más bajo el edredón. Sabía que no se debía al frío del aire, sino a un frío interno, mucho más profundo, que ni tres ni ocho edredones más lograrían desvanecer.

Hannah llegó a la conclusión de que sobrevivir a los días siguientes, con el ensayo, la cena, la boda y la recepción, podía ser una experiencia cuando menos interesante. De hecho, lo que en realidad temía era que fuera una auténtica prueba de resistencia.

¿Estaría a la altura del desafío sensual que prometían aquellos inquietantes ojos grises?

Se dijo que sí. Ella era una mujer independiente y fuerte, muy capaz de superar todo tipo de obstáculos, y que siempre había preferido matarse a trabajar para crear su propio negocio a trabajar para otros.

Claro que su razonamiento tenía un pequeño fallo: aunque Hannah pensaba que sería capaz de sobrellevar la situación y regresar a Filadelfia ilesa, no estaba segura al cien por cien.

Y eso sí que daba miedo.

—Bien, ¿qué te ha parecido? —preguntó Mitch, mientras él y su hermano Justin se acomodaban en el coche después de despedirse de Maggie y su amiga.

Justin titubeó un segundo.

–¿Quién?

Mitch miró a su hermano como si hubiera perdido la memoria.

–Maggie, ¿quién va a ser? Ya sabes, la mujer con la que me voy a casar dentro de unos días.

–Sí, claro que lo sé –respondió Justin, sintiéndose como un idiota, una sensación que no le gustó en absoluto–. Pero por si no te acuerdas, había dos mujeres en el apartamento –dijo, en defensa propia–. Aunque ya me he dado cuenta de que tú sólo tenías ojos para Maggie.

Sonriendo, Mitch puso el motor en marcha.

–Claro que me acuerdo de que había dos mujeres, listillo –dijo–. Y también recuerdo que te has pasado casi todo el rato con los ojos clavados en Hannah.

Justin se encogió de hombros, en un gesto que esperó fuera de total indiferencia.

–Eh, es una mujer muy atractiva.

–Sí, lo es –accedió Mitch–. Pero eso no responde a mi pregunta. ¿Qué te ha parecido Maggie, tu futura cuñada?

–Es muy guapa y muy agradable, como muy bien sabes –dijo Justin, aliviado al ver que la conversación volvía otra vez a Maggie y no a Hannah–. Y además es más que evidente que está totalmente coladita por ti. Aunque no puedo entender por qué.

–¿Porque estoy más bueno que el pan?

Justin lo miró extrañado.

–¿Desde cuándo?

–Desde que tenía quince años –le espetó Mitch,

saliendo del aparcamiento que había en la parte posterior del edificio–. Claro que estaba siguiendo tu mal ejemplo.

–Mmm, mal ejemplo, ¿eh? –dijo Justin–. Personalmente, a mí nunca me ha parecido mal ser sexy y atractivo –le aseguró.

Cuando regresó a su hotel y entró en su habitación, Justin cerró la puerta tras él y se apoyó en ella de espaldas. Respiró profundamente y dejó escapar un lento suspiro.

¿Anticuada? ¿Remilgada? ¿Formal? ¿Virginal? ¿Más fea que picio? ¿De dónde había sacado aquella opinión de Hannah sin ni siquiera conocerla?

–Ja.

Sacudiendo la cabeza como si lo hubieran golpeado en la sien y todavía no hubiera recuperado del todo el sentido, Justin se adentró en la habitación murmurando en voz baja:

–Hannah Deturk es la mujer más fría, serena, hermosa y sexy que estos pobres ojos míos han visto jamás.

Al escucharse hablar en voz alta soltó una risita, y añadió:

–Y tú, Justin Grainger, estás hablando solo.

Bueno, por lo menos no estaba maldiciéndose, se consoló, con un medio gruñido. Casi no podía creer su inesperada reacción, tanto física como emocional, ante aquella hermosa deidad rubia.

Cierto que hacía bastante tiempo que no estaba con ninguna mujer, pero eso ni de lejos era suficiente para explicar el inmediato impulso sexual que sintió nada más verla. Se había sentido como un adolescente a merced de un subidón de testosterona.

En aquel instante Justin decidió que Hannah Deturk sería suya de todos los modos posibles. O eso, o corría el riesgo de morir de deseo.

Lo difícil era decidir el cómo y el cuándo. Bueno, el cómo lo sabía perfectamente, se dijo para sus adentros, con una ensoñadora sonrisa en los labios. El problema seguía siendo el cuándo. Porque el tiempo era limitado.

Sólo quedaban unos días para la celebración de la boda de su hermano Mitch. Puesto que Maggie y Hannah hacía seis meses que prácticamente no se veían, lo más probable era que pasaran esos días, y noches, juntas, hablando y poniéndose al corriente de sus vidas.

El pobre Mitch iba a tener que dormir solo hasta la noche de bodas. Seguro que tendría que hacer un esfuerzo sobrehumano para controlar y ocultar sus sentimientos.

Entonces Justin se dio cuenta de una cosa: Mitch no iba a ser el único que tendría que esforzarse en controlar sus impulsos.

Maldita sea otra vez.

Recapacitó sobre las posibilidades de estar a solas con Hannah mientras se sentaba al borde de la cama y se quitaba su mejor par de botas. Poniéndose en pie, terminó de desnudarse y dobló cuidadosamente las prendas antes de meterlas en la bolsa de ropa sucia del hotel. Su madre había sido muy exigente con la higiene y el orden.

Desnudo como un recién nacido, se estiró cuan largo era sobre las sábanas limpias y frías, apagó la lámpara de la mesita de noche y se quedó mirando al techo. Aunque no veía nada. Las cortinas estaban cerradas y la habitación sumida en la más absoluta oscuridad.

Tampoco le importaba, porque la imagen que tenía en la mente con total claridad era la de Hannah Deturk.

—Oh, demonios —musitó, la respiración entrecortada a medida que su cuerpo se endurecía—. Piensa, tío. ¿Cuándo vas a tener la oportunidad de acercarte a ella?

Los días anteriores al gran acontecimiento quedaban descartados. Además estaba el ensayo la tarde anterior al día de la boda, seguido de una cena para los familiares más cercanos. Aquella noche también quedaba descartada. Justin sabía perfectamente que su familia alargaría la cena todo lo que pudiera.

Por supuesto, el día de la boda también estaba descartado.

¿Y el día, o la noche, después de la boda?

Justin estudió la posibilidad, permitiendo que su cuerpo se enfriara algunos grados. Dado que no tenía ninguna prisa por regresar al rancho, podía dedicar algunos días a pura y simple diversión.

Aunque no en una habitación del hotel, se dijo con fuerza, sacudiendo la cabeza sobre la almohada. Con Hannah no. No quiso entrar en los motivos que les llevaron a no planteárselo ni siquiera como posibilidad o último recurso. Nunca lo había preocupado dónde mantenía relaciones sexuales con una mujer: la habitación de un hotel, o de un motel, o el apartamento de ella, le daba igual.

Pero esta vez, si iba a estar con Hannah, le importaba y mucho.

Así que, si no era en el hotel, ¿dónde?

Probablemente podría utilizar el apartamento de Mitch, ya que Maggie y él salían al día siguiente de la boda a pasar la luna de miel en un lujoso complejo turístico de una isla del Pacífico.

No, el apartamento de Mitch no servía. Estaba situado en la última planta del edificio del casino, y Justin no tenía la menor intención de hacer pasar a Hannah ni por la puerta principal del casino ni por las escaleras de servicio.

Sin saber cómo lo sabía, Justin estaba convencido de que Hannah no era del tipo de mujer que entrara en ningún sitio por una escalera de servicio. El apartamento de Mitch quedaba también descartado. Y lo mismo el ático de Maggie. Hannah no accedería ni por un segundo a utilizar el acogedor apartamento de su amiga para lo que él quería.

De repente recordó algo. Dos plantas debajo del apartamento de Maggie había otro piso vacío, que era en el que había vivido Karla antes de casarse con Ben. Allí era donde se alojaba ahora el matrimonio, pero Ben y Karla tenían planes de marchar de Deadwood al día siguiente de la boda.

Perfecto. Ahora todo lo que tenía que hacer era informar a su hermano de su intención de alojarse en el apartamento un par de días después de la boda. Estaría vacío, y además la casa pertenecía a la familia, a su familia.

La mejor parte era que ya había empezado a poner los cimientos diciéndole a Mitch que busca-

ría compañía femenina mientras estuviera en Deadwood.

De repente soltó una carcajada. Estaba planifi-
cando una seducción en toda regla. Qué demonios, nunca en su vida había hecho planes para seducir a una mujer. Siempre se había limitado a
encontrar a una mujer que le gustara, cortejarla y,
si la mujer estaba dispuesta, dejar que las cosas siguieron su curso.

Su risa se desvaneció tan deprisa como había
empezado. Por supuesto que todo dependía de
cuándo pensaba Hannah regresar a Filadelfia, y,
más importante aún, si estaría dispuesta a pasar algunos ratos de juegos y diversión con él.

Pensándolo bien, Hannah no pareció especialmente afectada por su atractivo masculino. De
hecho, apenas le dirigió la palabra durante la visita al apartamento de Maggie. Pero Justin, desde
el momento que sus manos se tocaron, tuvo la
sensación de que entre ellos había algo especial.
Y no estaba dispuesto a tirar la toalla sin inten-
tarlo.

–Tengo entendido que nuestra familia va cada
uno por un lado después del gran día –comentó
Justin sentado en una mesa en el despacho de
Mitch al día siguiente.

Había llamado a su hermano a primera hora de
la mañana y se había invitado a desayunar en su
despacho. Acababan de terminar, y Justin se apoyó
en el respaldo de la silla, con una taza de café humeante entre las manos.

–Por lo que yo sé, más o menos todo el mundo se irá a la vez –dijo Mitch, sentado frente a Justin, con otra taza de café en la mano–. ¿No?

–Yo no –dijo Justin, después de beber otro trago–. Ben puede ocuparse del rancho durante unos días, así que he pensado llevar mis cosas al apartamento donde están ahora Ben y Karla y acampar allí un par de días.

–¿Por qué? –preguntó Mitch arqueando las rejas.

Justin le ofreció una lenta y sugerente sonrisa.

–Creo recordar haberte dicho que quiero buscar algo de compañía femenina, ¿no?

Mitch le sonrió.

–Eres incorregible.

–En absoluto –negó Justin–. Sólo me apetece un poco de marcha, nada más. ¿Qué importa si uso el apartamento unos días?

–¿Por qué iba a importarme? –preguntó Mitch, encogiéndose de hombros–. La casa es tan tuya como mía. Siempre y cuando esperes a buscar compañía a que se haya ido todo el mundo.

–¿Todo el mundo? –repitió Justin. Pero antes de que Mitch pudiera responder, continuó, buscando más información–. ¿Sólo la familia, o eso también incluye a los demás invitados?

–¿Los demás invitados? –Mitch frunció el ceño–. ¿Qué más invitados? Los padres de Maggie decidieron no venir a la boda cuando les dijimos que pensábamos pasar por Hawai en nuestra luna de miel, y los únicos otros huéspedes que quedan son empleados y algunos inquilinos de los pisos.

–Y Hannah.

Justin intentó mantener el tono indiferente de su voz, para no delatar su interés.

–Oh, sí, Hannah –Mitch apretó los labios–. Mmm, no sé, no tengo ni idea de qué es lo que piensa hacer. Maggie no me ha dicho nada. Tendré que preguntárselo.

–¿Es importante?

Justin tuvo que hacer un esfuerzo para concentrarse y mantener el mismo tono medio aburrido y desinteresado de antes.

–Lo que quiero decir es si Hannah entra dentro de tu edicto de no escandalizar.

Mitch recapacitó sobre la pregunta durante unos segundos, y después dijo:

–No lo había pensado. ¿Importa?

–No quiero quedar mal con nadie –dijo Justin.

–No creía que eso te importara tanto –dijo Mitch, moviendo la cabeza–. Pensaba que lo tuyo era lanzarte sobre la primera mujer que te gustaba.

–Sólo si ella quiere.

Mitch alzó los ojos hacia el techo, como buscando ayuda en las alturas.

–Eres increíble, Justin. Mi propio hermano, un mujeriego incorregible.

–Eh –protestó Justin–. No soy un mujeriego. Soy un hombre normal y corriente con un apetito sexual normal y corriente. ¿Y sabes cuánto hace que no lo apacíguo?

Mitch soltó una sonora y profunda carcajada.

–Me parece que no tengo ninguna gana de conocer los detalles de tu vida sexual, gracias.

–¿Vida sexual? ¿Quién demonios tiene vida sexual? –comentó Justin con una risita–. Me paso la mayor parte del tiempo hablando con los caballos, y la verdad es que normalmente no me importa. Pero de vez en cuando, un hombre necesita la compañía de una mujer. Y en mi caso, hermanito, hace ya meses.

–Vale. Vale –Mitch levantó la mano, en ademán de rendición–. Me rindo. Relájate y disfruta, pero procura no jugarte el rancho en las mesas del casino.

Justin no se molestó en responder. Mitch sabía perfectamente que no era tonto; las pocas veces que jugaba, se fijaba un límite, un límite más bien bajo, y jamás lo superaba.

–Si las cosas van como espero, estaré demasiado ocupado con cosas más importantes y mucho más interesantes que el casino.

Capítulo Tres

El viernes llegó demasiado pronto para el gusto de Hannah. Aunque habían pasado los días hablando sin parar, a Maggie y ella aún les quedaban muchas cosas que contarse, y eso que ni una sola vez se habían quedado sin nada que decirse.

El ensayo del día anterior a la ceremonia religiosa estaba programado para las cinco de la tarde en la pequeña iglesia situada a unas pocas manzanas de la enorme mansión victoriana familiar. La cena tendría lugar en el hotel Bullock inmediatamente después del ensayo.

A las cuatro de la tarde, Maggie era un manojo de nervios.

—¿Todo esto por el ensayo? —dijo Hannah, haciendo un esfuerzo para no soltar una carcajada—. Entonces no quiero pensar cómo estarás mañana. Seguro que hecha un flan. En lugar de caminar delante de ti, seguro que Karla y yo tenemos que ir detrás, por si acaso caes desplomada por el pasillo camino del altar.

—Ni loca —dijo Maggie, cuadrando la espalda y sacando pecho—. Además, no olvides que recorreré el pasillo del brazo de Adam, el hermano de Mitch, y créeme, amiga mía, Adam tiene fuerza más que suficiente para sujetarme.

Las dos amigas se echaron a reír.

–¿Nos vamos? –preguntó Hannah.

–Supongo que sí, ya es hora –dijo Maggie.

Riendo como adolescentes, las dos jóvenes bajaron corriendo las escaleras y fueron hasta el todoterreno alquilado de Hannah.

Las máquinas quitanieves habían limpiado las calles y Hannah recorrió la breve distancia que las separaba de la iglesia en unos minutos. En el aparcamiento sólo había unos pocos coches.

–Parece que no somos las últimas en llegar –dijo Maggie, su voz temblando a causa de la tensión.

–Sí, eso parece –dijo Hannah–. Pero ¿quieres hacer el favor de tranquilizarte? Es sólo el ensayo.

–Lo sé... pero...

–Sin peros –la interrumpió Hannah, abriendo la puerta del coche–. Terminemos con esto de una vez, que tengo hambre y quiero cenar –dijo, sonriendo a su amiga, en un intento de relajar sus nervios.

El ensayo se desarrolló con absoluta normalidad, para todos excepto para Hannah. Al principio todo iba bien. Maggie le presentó a otros miembros de la familia de Mitch, entre ellos su hermano Adam.

Adam era tan alto y apuesto como sus hermanos, un poco mayor, pero muy agradable y encantador. Sus ojos, al contrario que los de Justin, eran cálidos y amables, y Hannah le tomó aprecio inmediatamente.

Hannah se sentía bien, relajada y contenta, hasta que empezó a recorrer el pasillo hacia el altar. El mero hecho de ver a Justin allí, de pie junto a Mitch al otro extremo del pasillo, le hizo contener la respiración.

Al contrario que Mitch, que llevaba un traje oscuro, camisa blanca y corbata de rayas, Justin llevaba un suéter de lana beige, pantalones de tela marrones y las mismas botas vaqueras que había llevado la primera noche al apartamento de Maggie.

Hannah no pudo evitar preguntarse si pensaba ponerse las mismas botas para la boda. Al menos, se dijo, las llevaba resplandecientes.

Pero el motivo de la reacción femenina no fueron ni sus botas y su ropa. Fueron sus ojos, penetrantes como rayos láser. Tras recorrer lentamente todo su cuerpo de la cabeza a los pies, parecieron adentrarse hasta lo más hondo de su alma, de sus pensamientos, de sus emociones. Y en ese momento las emociones de Hannah estaban totalmente desbocadas, agitando cada partícula de su ser.

De repente se sintió nerviosa, excitada e incluso un poco asustada; con el cuerpo helado y ardiendo a la vez, como anticipando algo excitante a punto de suceder.

El tiempo pareció detenerse y acelerarse a la vez. De la misma manera que tardó lo que pareció una eternidad en recorrer la corta distancia del pasillo, tuvo la sensación de haber llegado al otro extremo demasiado pronto. Y allí estaba él, con su penetrante mirada gris clavada en ella, con destellos de promesas y placeres sugeridos, de un algo misterioso que estaba a punto de suceder. El calor que había detrás de los destellos apenas dejaba dudas sobre la naturaleza del misterio.

Hannah respiraba entrecortadamente, casi con esfuerzo. Cuando por fin se hizo a un lado, fuera de su campo de visión, respiró aliviada. Durante el resto de la ceremonia, evitó su mirada en todo momento.

Después de eso, todo continuó sin incidentes, hasta que llegaron al hotel.

La cena estuvo perfecta. El menú era excelente, la familia de Mitch amable y atenta, de fácil conversación y risa pronta; todos excepto Justin. Éste esperó hasta que Hannah se sentó, estaba segura de eso, y entonces se sentó justo enfrente, renovando de nuevo el envío silencioso de mensajes visuales y de miradas que no dejaban lugar a dudas. Por mucho que lo intentó, y lo intentó con todas sus fuerzas, a Hannah le fue imposible malinterpretar sus intenciones.

No era una niña y tenía experiencia en los matices de las miradas y el lenguaje corporal. Aquellos mensajes silenciosos prometían muchos planes, los planes que Justin tenía para ambos. Y, tal y como ella había sospechado en la iglesia, todos y cada uno de los planes eran de naturaleza sexual.

Mientras la ardiente mirada de Justin revelaba sus pensamientos carnales a Hannah, sus comentarios, breves y escasos, eran sosos, casi banales.

Hannah no sabía si reír divertida o huir para salvar su vida.

Trató de asegurarse de que sus sentimientos estaban provocados por el rechazo a las casi imperceptibles insinuaciones masculinas, pero sabía perfectamente que se estaba mintiendo a sí misma. La verdad, que ella hubiera negado con todas sus fuerzas si alguien le preguntaba, era que sus sentimientos nacían de la excitación que la embargaba.

Si algo temía era que sus sentimientos, la pasión que crecía cada vez más en su interior, se reflejaran en su cara o en sus ojos, y cruzó los dedos para que la imagen que presentaba ante todos los presentes fuera de fría y controlada compostura.

Especialmente ante Justin.

Justin podía leer a Hannah como si fuera un libro abierto. Lejos de sentirse asqueada o molesta por sus miradas cargadas de deseo, Hannah era receptiva, y en las profundidades de sus ojos se revelaban sus necesidades y deseos.

Estaba impaciente por estar a solas con ella, sentir su boca bajo sus labios, su cuerpo desnudo deslizándose sensualmente bajo el suyo, sus largas piernas rodeándole la cintura.

«¡Basta!», ordenó Justin a sus díscolos pensamientos, a la vez que sentía cómo su cuerpo se endurecía allí mismo, debajo de la mesa.

Por unos segundos se imaginó corriendo por la tundra helada, temblando de frío, en un intento de controlar su ardor.

Momentos más tarde, los sonidos del grupo de música que estaba situado junto a la pequeña pista de baile que había en un extremo del amplio comedor privado lo sacaron de sus pensamientos.

Que típico de Mitch, pensó, contratar una orquesta para bailar después de la cena.

Sin pensarlo dos veces, Justin se puso en pie y rodeó la mesa hasta llegar junto a Hannah.

–Supongo que también tenemos que ensayar el baile que seguirá a la recepción de la boda –dijo él, extendiendo la mano a modo de invitación.

–Ahh… –respondió Hannah, la voz cargada de incertidumbre, reticente a dejarse llevar por él, y temerosa del contacto físico.

–Así es –dijo Maggie, riendo–. Queremos que todo sea perfecto.

Justin tuvo ganas de plantar un beso en la frente de su futura cuñada. En ese momento la adoró.

Hannah suspiró, pero obedeció, y colocó la mano en la de Justin a la vez que se levantaba de la silla.

Justin sentía que el corazón se le iba acelerando a medida que llevaba a Hannah hacia la pista de baile. Aunque no iba a poder sentir su piel sedosa y desnuda deslizándose contra él, ni sus labios seductores en los suyos, ni el abrazo de sus esbeltas piernas, no pensaba dejar la oportunidad de sentir el flexible cuerpo femenino pegado al suyo.

No era exactamente el tipo de baile que Justin deseaba, pero de momento tendría que conformarse con eso.

Afortunadamente, el grupo de música estaba interpretando su canción favorita, una balada que sólo podía bailarse agarrado. Al llegar a la pista, Justin atrajo a Hannah contra su cuerpo y le rodeó la cintura con ambos brazos. A Hannah no le quedó otra alternativa que rodearle el cuello con los brazos. La sensación creada por el contacto del cuerpo alto y esbelto pegado al suyo superaba con creces cualquier otra sentida con anterioridad estando vestido.

Y no sólo vestido, se corrigió él para sus adentros.

Hannah deslizó la mano desde la nuca masculina hasta el centro de su pecho, y Justin contuvo la respiración ante las sensaciones que recorrieron su cuerpo. Aunque sabía que la intención de Hannah era interponer algo de distancia entre ellos, Justin se vio obligado a reprimir un involuntario estremecimiento provocado por la ardiente sensación de la palma femenina en su piel, a través de la camisa.

—¿A qué tienes miedo? —preguntó él, en tono muy bajo, para que sólo ella lo oyera—. ¿No te gusta bailar?

Hannah levantó la cabeza para mirarlo. Una irónica sonrisa curvaba sus tentadores labios.

—No especialmente —dijo—. Y no necesito que me planchen el vestido, gracias.

Justin se echó a reír y se contuvo antes decirle que pensaba plancharle algo más que la ropa. Se contuvo por una razón: había escuchado el casi imperceptible tono de pasión bajo el tono burlón de las palabras femeninas.

Decidiendo no precipitarse, se separó unos centímetros de ella, dejando un brevísimo espacio entre los dos.

—Me alegro de que me encuentres tan divertida —dijo ella, manteniendo la mano firmemente apretada contra su pecho.

—Oh, te encuentro mucho más que divertida —dijo él, luchando contra el impulso de ser más explícito, de demostrárselo allí mismo, en medio de la pista de baile.

Pero no. La sala estaba llena de gente, y la mayoría eran miembros de la familia. Si él se dejaba llevar por sus impulsos, sus hermanos no tardarían en echársele encima, y él no tenía el menor deseo de echarlos de allí a patadas delante de toda la familia. La idea lo hizo sonreír.

Hannah se sentía… deslumbrada. ¿De dónde demonios había salido aquella pícara sonrisa casi adolescente?, se preguntó, sintiendo un calor hasta entonces desconocido en el corazón. ¿En qué diablos estaba pensando Justin para sonreír así?

—Pareces pensativa —murmuró él, tratando de pegarla más a él, y cediendo ante su resistencia.

Había bajado la cabeza, y estaba acariciándole el lóbulo de la oreja con el aliento, despertando sensaciones de placer que iban desde la oreja hasta la base de la columna vertebral. Dos ideas contrapuestas se cruzaron en la mente femenina: desear que el baile terminara pronto y esperar que se prolongara eternamente.

Dejando la cautela a un lado, Hannah decidió mostrar su lado más ingenuo.

—Estaba pensando de dónde ha salido esa sonrisa, y a qué se debía.

Justin se echó a reír.

Maldita sea, Hannah deseó que no lo hiciera.

Aquella risa tenía en ella un efecto aún más intenso que su sonrisa. Era grave, contagiosa, relajada, y capaz de desencadenar una interminable sucesión de chispas por todo su cuerpo.

Ahora él le sonrió.

–La verdad es que estaba pensando en echar a mis hermanos de aquí a patadas delante de todo el mundo.

Perpleja ante la respuesta, Hannah se lo quedó mirando.

–Pero ¿por qué?

Los ojos de Justin brillaron con picardía.

–En defensa propia, por supuesto. ¿Por qué si no?

En ese momento la música se interrumpió. Hannah intentó moverse, pero él no se lo permitió. Su abrazo era inquebrantable. Hannah miró a su alrededor para ver si alguien los estaba mirando. En la pista había otras tres parejas: los padres de Justin, Mitch y Maggie, y Ben y Karla. Cada una de las parejas estaba demasiado absorta en sí misma para ocuparse de ellos dos.

Hannah estaba a punto de abrir la boca para protestar, cuando la música empezó de nuevo a sonar. Justin se movió por la pista, llevándola con él, y continuaron bailando.

Hannah suspiró, tan fuerte que era imposible que Justin no la oyera, y no pudo evitar continuar preguntando:

–¿Por qué si puede saberse tenías que echar a tus hermanos de aquí a patadas?

–Porque seguro que se me echaban encima

–respondió Justin, en un tono cargado de paciencia, como si la respuesta fuera más que evidente.

Hannah no sabía si golpearlo o gritarle. Pero no hizo ninguna de las dos cosas. Suspiró otra vez y entrecerró los ojos.

–Está bien, si quieres jugar, sigamos. ¿Por qué se te iban a echar encima?

–Porque quiero jugar –explicó él, con un divertido destello en los ojos.

–Justin...

La voz de Hannah estaba cargada de paciencia.

–Está bien, pero tú misma lo has preguntado –dijo él, encogiéndose de hombros–. Estaba pensando que si me dejara llevar por mis impulsos y te abrazara y te besara apasionadamente en la boca, Mitch y Adam podrían pensar que su deber era rescatarte de las garras de su hermano mujeriego –explicó él, en tono relativamente serio–. Y en ese caso, por supuesto, no me quedaría más remedio que barrer este establo con ellos.

¿Barrer este establo? ¿Establo? Hannah dirigió una rápida mirada por el elegante comedor privado, pero no cuestionó el comentario de Justin. Su atención estaba concentrada en otra palabra.

–¿Mujeriego?

Justin asintió con solemnidad, aunque inmediatamente arruinó el efecto de su seria expresión con otra de sus arrebatadoras sonrisas.

Hannah se detuvo tan bruscamente que el fuerte cuerpo masculino golpeó contra el suyo, dejándola casi sin respiración. Él la sujetó con más fuerza, ayudándola a recuperar el equilibrio, pero manteniendo sus cuerpos muy pegados.

–Me gusta –murmuró él, acariciándole la sien y los sentidos con su aliento.

–¿Eres un mujeriego? –le preguntó ella, sin pensar, en un tono casi de reproche.

–No, cielo –le aseguró él, con firmeza.

El apelativo cariñoso despertó nuevas emociones en ella, a la vez que los labios masculinos se deslizaban sobre su piel, acariciándola levemente desde el lóbulo de la oreja a las comisuras de los labios.

–Pero has dicho... –empezó ella, moviéndose para interponer una mínima distancia entre ellos, aunque sin conseguirlo.

–Sé lo que he dicho –dijo él, apretando aún más los brazos a su alrededor–. No te muevas. Eres deliciosa.

La boca masculina inició un erótico y lento recorrido sobre sus labios entreabiertos.

–Sabes deliciosa. Podría darme un festín contigo.

De repente Hannah sintió el mismo deseo de él, y notó una punzada de pánico. Temerosa de las desconocidas sensaciones que se arremolinaban en su interior, Hannah volvió la cabeza y la echó hacia atrás, alejándola de los labios masculinos.

–Te equivocas de mujer –dijo ella, logrando a duras penas dar un tono de amenaza y fuerza a su voz.

–No, no me equivoco en absoluto –aseguró él, negando con la cabeza, pero relajando los brazos y permitiendo que ella retrocediera medio paso. Su sonrisa y sus ojos eran casi tiernos–. Hannah, no soy un mujeriego.

Ella frunció el ceño.

–Entonces ¿por qué has dicho que lo eras?

–Porque mis hermanos se meten con mi forma de vida cada vez que estamos juntos –explicó él–. De hecho, Mitch me llamó mujeriego precisamente el otro día –añadió con un suspiro–. Fue muy cruel por su parte. Me dolió profundamente.

–Sí, claro –dijo Hannah, arqueando una ceja, incrédula–. Ya sé que no es asunto mío, pero...

Hannah se interrumpió. Desde luego que sí que era asunto suyo: Justin Grainger tenía planes evidentes con ella.

–¿Pero? –dijo él, instándola a continuar, arqueando una ceja a su vez.

–¿Cuál es tu forma de vida exactamente?

–Bastante aburrida –dijo él, soltándola cuando la música terminó–. Trabajo en el rancho, y no suelo ir al pueblo ni a la ciudad, a ninguna ciudad, con frecuencia.

–¿Has estado casado alguna vez? –preguntó ella.

–Sí, una. Llevo divorciado casi cinco años –dijo él, en tono duro y monótono–. Y no, no quiero hablar de ello. Quiero olvidarlo.

Sintiéndose rechazada, Hannah tensó la espalda.

–No recuerdo haberte pedido que hablaras de ello ni de nada, ni tampoco que bailaras conmigo. Ahora, si me disculpas...

Y sin esperar respuesta se alejó de él, con la cabeza muy alta.

Un poco más tarde, aunque a Hannah le parecieron horas, la fiesta empezó a disolverse. «Por fin», pensó ella, levantándose y sujetando su bolso. Desde su regreso a la mesa no había intercambiado ni una sola palabra con Justin, y ahora tampoco se despidió de él, evitando el contacto visual en todo momento.

Sintiendo una imperiosa necesidad de huir de allí, de huir de Justin, Hannah encontró a Maggie, que se estaba despidiendo del resto de los invitados, y le murmuró al oído su intención de ir a buscar el coche.

Hannah vio los copos de nieve un momento antes de llegar a la puerta del hotel. Afortunadamente, el suelo del aparcamiento estaba cubierto únicamente por una fina capa de nieve blanquecina. Pero lo que no advirtió fue la delgada capa de hielo que se había formado debajo de la nieve a causa de las bajas temperaturas.

Apenas había dado tres pasos en el exterior del hotel, y de repente sintió cómo el tacón del pie derecho resbalaba sobre el hielo. Intentó recuperar el equilibrio, pero supo con plena certeza que iba a caer y darse un buen golpe contra el suelo.

—La madre que... —empezó, echando los brazos al aire.

—Cuidado —dijo Justin, justo a su espalda.

Sin detenerse a pensar, la sujetó con ambos brazos por las axilas y la ayudó a ponerse de pie.

—Ésa no es forma de hablar propia de una señorita —continuó él, girándola en redondo para mirarla a la cara.

–No me sentía precisamente como una señorita en ese momento –dijo Hannah, casi sin aliento por culpa del resbalón, y no por la cercanía del hombre, se aseguró para sus adentros.

–Entiendo perfectamente tu reacción. Ha sido por los pelos –dijo él, entre preocupado y divertido–. Lo único bueno es que yo estaba justo unos pasos detrás de ti.

–Gracias –dijo Hannah, temblando ligeramente, y haciendo un esfuerzo para mirarlo a los ojos.

–De nada.

La sonrisa masculina era un tormento casi insoportable, y sus ojos seguían teniendo el pícaro destello de antes.

Él estaba cerca, muy cerca. Hannah podía aspirar la fragancia que emanaba del cuerpo masculino, sentir su calor a través del abrigo.

–¿Me estabas siguiendo? –dijo ella, tratando de dar un paso atrás.

Justin la atrajo hacia sí.

–Sí –le confirmó sin tratar de ocultarlo, mientras le rozaba el lóbulo de la oreja con los labios y despertaba una cascada de sensaciones en su interior.

Un estremecimiento la recorrió de la cabeza a los pies. Hannah se dijo que era el frío de la noche, la sensación de los copos de nieve en las mejillas.

–¿Por qué me estabas siguiendo? ¿Qué quieres de mí?

Menuda pregunta, como si no conociera la respuesta.

Sin embargo, cuando la respuesta llegó, tan directa, tan segura, Hannah quedó estupefacta, y también mucho más que intrigada. La reacción de su cuerpo fue de deseo y excitación.

—Largas noches de amor apasionadas e interminables.

Capítulo Cuatro

Por fin llegó el día de la boda. La ceremonia a la luz de las velas estaba programada para las seis de la tarde, y la recepción inmediatamente después en el hotel.

Para sorpresa de Hannah, después de los nervios que Maggie había sufrido el día anterior, su amiga estuvo tranquila durante todo el día.

Aunque no dio muestras externas de ello, Hannah se sentía como el manojo de nervios que su amiga había sido el día anterior. Pero por supuesto, sus nervios no tenían absolutamente nada que ver con el encuentro con Justin en el aparcamiento del hotel, se repetía una y otra vez.

No. Claro que no.

Tan perpleja se había quedado ante la descarada sugerencia de Justin, que de sugerencia no tenía nada, en realidad había sido una explícita declaración de intenciones, que Hannah sólo recordaba vagas imágenes de él, riendo suavemente mientras la acompañaba a su coche, con pasos seguros, a pesar de que él también llevaba botas de tacón.

–Es hora de vestirnos –dijo Maggie, feliz, interrumpiendo el hilo de sus pensamientos.

Por fin. Por fin.

Hannah sonrió, y asintió con la cabeza. En realidad, sentía cierta esquizofrenia respecto a las horas que se avecinaban: por un lado, alivio al ver que todo iba llegando a su fin, pero por otro una mezcla de esperanza y nerviosismo ante la idea de encontrarse de nuevo con Justin que le impedía pensar con claridad.

Una cosa era cierta. Esta vez no se resbalaría en el hielo. Siguiendo su consejo, tanto ella como Maggie llevaban puestas botas de invierno sin tacones y habían metido sus elegantes zapatos de fiesta en sendas bolsas de plástico. Tampoco tenían que preocuparse de levantarse los vestidos para no empaparlos de agua y barro, ya que ambas prendas les quedaban unos centímetros por encima de los tobillos.

El vestido de Maggie era sencillo y elegante, diseñado en terciopelo blanco, con mangas largas, ceñido en la cintura y con falda de vuelo, y le daba un aspecto ciertamente inocente.

El vestido de Hannah era tan sencillo y elegante como el de su amiga, recto y ajustado, con mangas tres cuartos y un modesto escote.

Las dos jóvenes llegaron a la iglesia cinco minutos antes de empezar la función. Por lo visto todo el mundo, incluido el novio, estaba en su sitio. Karla y Adam esperaban en el pequeño vestíbulo a la entrada. Adam se ocupó de sus abrigos, y Karla les entregó sus ramos de flores. El de Maggie estaba hecho de flores blancas. El de Hannah era igual que el de Karla, una mezcla de rosas rojas sobre un fondo de helechos y florecillas blancas.

Ahora Hannah entendió por qué Maggie había

insistido tanto en que buscara un vestido de color verde. Era el mismo color que el vestido de Karla.

La música del órgano llenó la iglesia.

Con una amplia sonrisa de ánimo a Maggie, Karla abrió el desfile y echó a andar por el pasillo. Tras ofrecer otra sonrisa a la novia, y respirando hondo para tranquilizarse, Hannah siguió a Karla a dos pasos de distancia.

Y allí estaba él, de pie al lado de Mitch, con un aspecto devastador, con camisa blanca y corbata y un traje oscuro que colgaba de su cuerpo con perfecta naturalidad y bajo el que se podían adivinar los hombros anchos, la cintura estrecha y las piernas fuertes y musculosas.

A medida que se acercaba, Hannah dejó que sus ojos descendieran por el cuerpo masculino, esperando encontrar las botas vaqueras negras de punta al final de los pantalones. Pero para su sorpresa, Justin llevaba un par de zapatos clásicos de vestir, en color negro.

Cuando alzó los ojos, su mirada colisionó con la intensa mirada de Justin.

Maldita sea. Aquel hombre era una amenaza. Hannah se ruborizó hasta la médula. Sintió calor. Sintió frío. Sintió excitación. Sintió agotamiento. En resumen, se sintió como una mujer atraída apasionadamente por un hombre. Un hombre que en ningún momento trató de ocultarle sus verdaderas intenciones con ella.

Ajena a la ceremonia que se desarrollaba a su alrededor, Hannah recibió con gesto de autómata el ramo de Maggie.

Con el corazón latiéndole rápidamente, el pulso

acelerado, y casi incapaz de pensar con claridad, casi se perdió el momento cumbre de la ceremonia.

–Con este anillo yo te desposo.

El sonido de la voz clara y firme de Mitch se abrió paso entre la neblina de su mente. Hannah parpadeó, justo a tiempo para ver el movimiento de Justin al entregar a Mitch un aro de oro.

Ahora le tocaba a ella. Soltando un suave suspiro de alivio por haber vuelto a la realidad a tiempo, Hannah deslizó el aro de oro que llevaba en el dedo justo en el momento en que Maggie repitió su promesa.

Momentos más tarde, Mitch besaba a Maggie, los invitados aplaudían, y todo había terminado. Ya estaban casados.

«Con suerte, hasta que la muerte los separe», pensó Hannah. En ese momento, vio a Justin ocupar el puesto de su hermano Adam, dejando que fuera éste quien acompañara a Karla.

¿Qué demonios estaba haciendo? Fortaleciéndose para sus adentros, Hannah no tuvo más remedio que colgarse del brazo que Justin le ofrecía y seguir a los recién casados por el pasillo de la iglesia.

–¿A tu casa o la mía? –murmuró Justin, con un divertido destello en los ojos.

El hombre lo sabía. Maldito él, sabía exactamente cómo se sentía ella, qué sentía por él y qué deseaba de él, como si lo llevara grabado en la frente en letras mayúsculas.

–Aquí no tengo casa –murmuró ella, clavando los ojos en la nuca de Maggie–. Mi casa está a cientos de kilómetros de aquí, en Pensilvania.

Justin soltó una risita.

Hannah se contuvo, y esbozó una tensa sonrisa mientras abrazaba primero a Maggie, después a Mitch, deseándoles buena suerte, antes de colocarse junto a Mitch para saludar a los invitados. Sin atreverse a mirar a Justin a los ojos, se mantuvo erguida, con los ojos al frente, aunque no le sirvió de nada. Él continuó atormentándola con el tono grave y profundo de su voz, y desquiciándola con sus insinuaciones.

–Mi casa no está tan lejos. En Montana –murmuró él, la cabeza tan cerca de la de ella que Hannah sintió la caricia de su aliento en el lóbulo de la oreja–. Pero aquí tengo una casa temporal, igual que tú. Afortunadamente ambas casas están en el mismo edificio, esa hermosa mansión victoriana.

–¿El apartamento de Maggie? –preguntó Hannah, escandalizada–. Eso jamás, no se me ocurriría –protestó en voz baja.

De repente se dio cuenta de que no le había dicho «no» a él, sino a la idea de reunirse con él en el apartamento de Maggie.

–Por supuesto que no –respondió él, a la vez que dedicaba una encantadora sonrisa a Karla, que acababa de colocarse en fila junto a él. En sus ojos había un brillo pecador.

–Pero no tengo el menor remilgo en utilizar el apartamento más espacioso del primer piso para algunos juegos y diversión.

«Juegos y diversión». «Tu casa o la mía». Expresiones manidas y totalmente inadecuadas e incluso groseras en labios de cualquier otro hombre que no fuera Justin. A decir verdad, la suave invitación resultaba demasiado tentadora.

Sin que se le ocurriera ninguna respuesta coherente, Hannah sintió un gran alivio al volver la cabeza y encontrarse con los padres de Justin, que reían, lloraban y abrazaban emocionados a su hijo Mitch y a su nueva hija Maggie.

Sin dejarse intimidar por los presentes, Justin bajó la cabeza y la pegó a la de ella, susurrándole unas palabras al oído que le hicieron flaquear las piernas.

—Mañana me trasladaré allí a pasar un par de días, después de que Karla y Ben se vayan.

Hannah hizo un esfuerzo para suprimir el visible temblor que la recorrió cuando la lengua masculina le acarició suavemente el lóbulo de la oreja.

—Puedes venir a verme cuando quieras, de día o de noche —continuó la voz masculina en un susurro, multiplicando el temblor por mil—. Ven pronto, y repite —añadió, riendo bajito—, y quédate todo el tiempo que quieras, como un par de días.

Menos mal que en aquel momento el padre de Justin la envolvió en un efusivo abrazo y la ayudó a volver a la realidad. De no haber sido por él, a Hannah le hubiera resultado difícil, por no decir imposible, recuperarse del estado de entumecimiento en el que estaba entrando su cerebro.

El padre era casi tan alto como sus tres hijos, pero no tan fuerte como ellos, ni tan atractivo como Justin.

La madre, una mujer encantadora casi tan alta como Hannah, le tomó ambas manos y se inclinó hacia delante para besarla en la mejilla.

—Estás preciosa con ese vestido, Hannah —dijo,

secándose delicadamente los ojos con un pañuelo–. Las dos estáis preciosas, Karla y tú.

–Gracias –respondió Hannah, bajando la cabeza para besar la mejilla de la mujer, que le había caído bien desde el primer momento–. Maggie eligió el color. Ella insistió que buscara bien hasta encontrar el vestido perfecto.

–Y lo encontraste. Es el color perfecto para después de la Navidad –dijo la mujer, sonriendo, y dio un paso hacia su hijo Justin que la esperaba con los brazos abiertos–. Te queda maravillosamente.

«Te equivocas en las dos cosas, mamá», pensó Justin abrazando a su madre y depositando un beso en su mejilla. El vestido verde oscuro quedaba fantástico en contraste con la rubia melena de Hannah y su piel sedosa no sólo en Navidad sino en cualquier estación del año. Y no sólo estaba preciosa, estaba espectacular. En cuanto a lo de que le quedaba maravillosamente, él prefería verla sin él. Y pensaba hacerlo muy pronto.

Claro que Justin no dijo nada de eso a su madre. De haberlo hecho, ella hubiera podido decidir proteger a la encantadora Hannah de las garras seductoras de su hijo, y no estaba dispuesto a permitirlo.

–Como siempre, no sólo estas guapísima, madre, sino que además hueles maravillosamente. Muy sexy. Seguro que a papá lo vuelves loco con ese aroma.

–¡Justin Grainger! –exclamó su madre, en un

60

tono aparentemente escandalizado, aunque no pudo controlar la sonrisa que se asomó a sus labios–. Compórtate.

–Eso no lo ha aprendido nunca –comentó el padre, con un destello en los ojos similar al de su hijo–. Pero ¿sabes qué? Que tiene toda la razón. Ese perfume me parece muy sexy –dijo. Y bajando la voz añadió–: Y me vuelve loco.

La madre contuvo el aliento escandalizada y empezó a reñir a su esposo, a la vez que se alejaba de los novios y sus acompañantes.

A Justin le encantó escuchar la suave risa de la mujer que estaba a su lado. Sonrió a Hannah.

–Hacen una gran pareja, ¿verdad?

–Yo diría que juntos hacen una pareja perfecta –respondió ella, sonriendo.

La sonrisa de Hannah provocó una súbita oleada de calor en el cuerpo de Justin, que fue acompañada de sensaciones incontroladas en algunas partes de su cuerpo capaces de meterlo en un buen aprieto.

–Yo diría que juntos nosotros también seríamos perfectos.

–Para citar a una mujer que he conocido hace poco, «compórtate, Justin», antes de que me pongas en evidencia –dijo Hannah a modo de respuesta, dirigiendo una significativa mirada a una parte específica de su anatomía–. A mí y a ti.

Sin poder evitarlo, Justin soltó una carcajada. Aquella preciosa mujer le encantaba.

Hannah se limitó a sacudir la cabeza con gesto de desesperación y dirigió su atención a la fila de invitados que esperaban a felicitar a los novios. Decidió ignorarlo. Y continuó ignorándolo hasta que se fue la última pareja de invitados.

Pensando que el consejo de Hannah era prudente, al menos hasta que consiguió llevarla a la pista de baile en la recepción que siguió a la ceremonia de la boda, Justin se comportó como el perfecto caballero, a pesar del aburrimiento y el mareo continuo al que los sometió el fotógrafo durante la sesión de fotos que precedió al banquete.

Aunque a medida que pasaba el rato su impaciencia aumentaba, no pudo evitar sentirse distraído y divertido por las rápidas y suspicaces miradas que Hannah le dirigía de vez en cuando.

Cada vez tenía más ganas de salir de allí, pero mantuvo su papel durante los interminables rituales que precedieron al banquete. Ni siquiera sugirió a su hermano Adam que le cambiara el sitio cuando entraron en el salón de bodas.

Después llegaron los brindis, brindis aparentemente interminables. Como padrino, Justin ofreció el primero, e incluso logró dar su discurso de enhorabuena a los novios sin una sola insinuación fuera de lugar. Adam se levantó después de él y brindó por los novios respetando todas las reglas marcadas por la etiqueta. Fue su padre, el anciano canoso de setenta y cinco años, bromista por naturaleza y juerguista por devoción, quien coló un par de insinuaciones un tanto atrevidas.

Evitando la mirada perpleja e irritada de su madre, Justin se unió a las risas de sus hermanos y del resto de los invitados. Y comprobó con satisfacción que incluso Maggie, Karla, sus hermanas e incluso la fría y seductora Hannah estaban riéndose de los comentarios.

Al cabo de unos segundos, ante la cariñosa sonrisa de su padre, su madre también se rindió y se echó a reír.

Entones fue cuando empezó de verdad la fiesta. Cada vez más impaciente por tener a Hannah en sus brazos, Justin aguantó estoicamente el resto de los preliminares.

Después llegó la cena, servida por camareros colocados detrás de los invitados y que se ocupaban de cortar los asados de ternera, cerdo y pavo y servir todo tipo de verduras, ensaladas y frutas.

¿Es que no iba a terminar nunca?, se preguntaba Justin, que no hacía más que picotear con desgana la comida que le servían en el plato. Al escuchar el anuncio del primer baile de los novios, se dio cuenta de que aún quedaba fiesta para rato.

Cuando concluyó el primer baile, el cantante del grupo de música invitó al resto de los presentes a bailar. Sin pensarlo dos veces, Justin rodeó a Hannah con sus brazos y la sacó al centro de la pista, manteniendo una respetuosa distancia entre ellos.

Ella lo miró con cautela, como si recordara la fuerza con que la había abrazado la noche anterior.

Justin se limitó a ofrecerle una educada sonrisa.

—¿Has disfrutado de la cena? —preguntó él, en un tono de voz tan educado como su sonrisa—. He observado que no has comido mucho.

Hannah seguía mirándolo con expresión cauta.

—No tenía hambre.

–Supongo que tú no te has dado cuenta, pero yo tampoco tenía hambre –dijo él, sonriendo a Adam y Karla, que en ese momento pasaron bailando a su lado–. Al menos de comida.

–Justin, ¿vas a empezar otra vez? –preguntó ella, en tono severo, los ojos clavados en él.

–Oh, cariño, apenas he empezado –dijo él, sonriendo–. ¿Puedo acompañarte a casa?

Ella le lanzó una mirada cargada de desafío y alzó la barbilla.

Justin sintió la tentación de saborearla.

–No, gracias –dijo ella, con una burlona sonrisa de superioridad–. Tengo coche.

Soltándole la mano, Justin dio un paso atrás, fingiendo incredulidad.

–¿Quieres decir que mi hermano no ha dispuesto de una limusina para la novia y su dama de honor?

–Por supuesto que no. ¿Para qué? He alquilado un todoterreno enorme. Y ya hemos tenido una limusina para venir a la iglesia.

–A pesar de todo, yo habría enviado una limusina para mi prometida –dijo él, tomándola de la mano de nuevo y haciéndola girar.

–¿Y tienes alguna prometida escondida por algún lado? –preguntó ella, con la respiración un poco entrecortada por los repentinos movimientos a los que Justin la estaba sometiendo.

Un suave rubor cubrió las mejillas femeninas.

Justin estaba intrigado, y se preguntó si el rubor y la respiración entrecortada se debían al ejercicio físico del baile o a la pregunta que le había hecho.

–No –dijo él, negando firmemente con la cabeza–. Yo no tengo prometida. Si la tuviera, no estaría aquí ahora, deseando hacerte el amor.

El sonido que escapó de la garganta femenina era en parte una exclamación, en parte un suspiro. Justin esperó la reacción de Hannah, conteniendo a su vez la respiración.

En aquel momento la música terminó, y Hannah salió prácticamente corriendo hacia su mesa.

Para una mujer normalmente serena y capaz de guardar la compostura, Hannah estaba temblando, al borde de un ataque de nervios. Temblando, excitada e irritada.

«Yo no tengo prometida».

Las palabras de Justin se repetían una y otra vez en su cabeza.

¿Qué era lo que quería decirle con aquella declaración, con la firme negativa de la cabeza? ¿Que las mujeres no tenían sitio en su vida?

«¡Ja!», pensó ella para sus adentros. Era evidente que en la vida de Justin las mujeres tenían al menos sitio para una cosa.

En ese momento Maggie la encontró.

–Hannah, quiero que vengas conmigo.

Maggie la sujetó del brazo y la llevó con ella.

Siguiéndola, aunque sin entender la urgencia en el tono de voz de su amiga, Hannah preguntó:

–¿Adónde vamos, y a qué viene tanta prisa?

–Vamos a la suite que Mitch ha reservado para esta noche –explicó apresuradamente Maggie, sin dejar de tirar del brazo de Hannah.

–No lo entiendo.

Ahora Hannah estaba más confusa incluso que antes.

–Claro que no lo entiendes –exclamó Maggie, mientras las dos amigas entraban en el ascensor–. Quiero que me ayudes a quitarme el vestido.

–¿Yo? –preguntó Hannah, mirando a Maggie con incredulidad–. Maggie, ¿eso no es cosa de Mitch?

–Sí, sí, ya lo sé –dijo Maggie, restando importancia a la pregunta–. Pero Mitch ha sido quien me ha pedido que te avise otra vez.

Las puertas del ascensor se abrieron y Maggie salió del ascensor seguida de su amiga y dama de honor.

–Además –añadió por encima del hombro–, quiero que lleves mi vestido a casa cuando te vayas.

–Me lo llevaré encantada –dijo Hannah, caminando apresuradamente detrás de su amiga–. ¿Que me avises de qué? –preguntó, con expresión de inocencia en los ojos, como si no supiera perfectamente que el aviso tenía que estar relacionado por fuerza con Justin.

–Justin –dijo Maggie, abriendo la puerta de la suite y entrando.

¿Quién lo hubiera imaginado?, pensó Hannah, resignada a escuchar más detalles negativos sobre el carácter y el estilo de vida de Justin. Suspiró, decidida a no llevar la contraria a Maggie.

–¿Qué pasa con Justin?

–Bueno...

Ahora, después de haber arrastrado a Hannah desde el salón de bodas hasta la habitación, Maggie titubeó unos segundos.

–¿Está en búsqueda y captura? –preguntó Hannah, en tono de burla.

–No, claro que no –respondió Maggie, dirigiéndole una mirada cargada de impaciencia–. Por lo visto, es una especie de... no sé, mujeriego. Ya sabes, de los de «ámalas y déjalas».

Qué gran sorpresa. Hannah ya había llegado a esa conclusión ella solita. De no ser así, no estaría a punto de despedirse de los recién casados, desearles toda la felicidad del mundo, darles un abrazo de enhorabuena y salir corriendo camino del aeropuerto.

–Ya me lo imaginaba –dijo Hannah, con una serenidad forzada, mientras giraba en torno a su amiga y desabrochaba botones y cremalleras.

–¿En serio? –preguntó Maggie, girando en redondo para mirarla–. ¿Cómo?

Hannah logró emitir una risita que quería dar una impresión de razonable indiferencia.

–Mi querida amiga, Justin ha estado haciéndome... debo decir... sugerencias muy explícitas desde la cena de anoche.

–Ajá, Mitch estaba en lo cierto –exclamó Maggie–. Me dijo que tenía la sensación de que Justin te estaba echando los tejos. Por eso me pidió que te avisara.

–Agradezco tu preocupación –dijo ella.

Aunque la verdad era que, incluso a pesar de que ella ya se había dado cuenta de que Justin no estaba buscando una relación sentimental seria, Hannah no estaba tan segura de agradecer ni la preocupación ni la información. Pero respondió a Maggie con una serena sonrisa.

—A propósito, ¿dónde está el novio?

—Oh, Dios mío —exclamó Maggie—. Vendrá de un momento a otro. Si no te importa —dijo, terminando de quitarse el vestido por las piernas—, voy a meter esto en la bolsa y echarte de aquí antes de que venga Mitch. Tengo que prepararme para recibirlo.

Riendo divertida, Hannah recogió la bolsa alargada del vestido y la mantuvo abierta mientras Maggie lo colocaba en la percha. Entre las dos lo metieron en el interior de la bolsa protectora.

—Está bien, ya me voy.

—Espera —le ordenó Maggie, deteniéndola cuando Hannah ya estaba camino de la puerta.

Inclinándose sobre una mesa baja, Maggie tomó el ramo de novia y lo depositó en la mano libre de Hannah.

—¿Qué estás haciendo? —quiso saber Hannah—. Se supone que tienes que lanzarlo a las mujeres solteras que han asistido a la boda.

Hannah intentó devolvérselo a Maggie, pero ésta se negó a sujetarlo.

—¿Qué mujeres solteras? —repitió Maggie—. Por lo que a mí respecta, tú eres la única soltera presente, lo que significa que tú serás la siguiente novia.

—Pero, Maggie, ya sabes que no hay nadie...

—Lo sé, lo sé, pero ¿quién sabe lo que te depara el futuro? El hombre de tu vida puede estar a la vuelta de la esquina.

Riendo ante la escéptica expresión de Hannah, Maggie retrocedió otro paso.

—Venga, llévatelo y lárgate de aquí.

Hannah dejó escapar un exagerado suspiro.

–Está bien, tú ganas. Pero sólo porque no quiero estar aquí cuando llegue Mitch.

–Gracias, cielo –dijo Maggie, corriendo junto a su amiga para darle un abrazo–. Por todo, pero sobre todo por ser mi amiga. Te llamaré cuando volvamos de la luna de miel.

–Espero tu llamada –dijo Hannah, sujetando la bolsa del vestido y dirigiéndose hacia la puerta–. Sé feliz.

Hannah sonrió, abrió la puerta, y antes de salir se volvió hacia su amiga y murmuró:

–Te quiero.

Maggie le respondió con otra sonrisa.

–Lo mismo digo.

Capítulo Cinco

Evitando a Justin en todo momento, Hannah no logró respirar tranquila hasta que cerró con llave la puerta del acogedor apartamento de Maggie.

Tensa, con los nervios a flor de piel, temiendo, y a la vez deseando, escuchar a Justin llamar a su puerta de un momento a otro, colgó con sumo cuidado el vestido de novia de Maggie en el armario antes de desnudarse. Después de darse una ducha rápida, Hannah se puso el camisón y la bata, y fue recogiendo sus cosas. Se iba a Filadelfia a primera hora de la mañana.

No estaba huyendo de Justin, se repetía una y otra vez, consciente en todo momento de que se estaba mintiendo a sí misma. Sabía, con plena certeza, que Justin no se impondría sobre ella ni le haría ningún daño. Estaba convencida de que él respetaría su decisión, fuera cual fuera, aunque no entendía por qué estaba tan segura de ello.

Entonces, si no estaba huyendo de Justin, ¿de qué estaba huyendo? Se sentía apasionadamente atraída por él, eso también lo sabía. Jamás en su vida había deseado a un hombre con tanta intensidad. Nunca había necesitado sus caricias, sus besos, su posesión, como deseaba a Justin Grainger.

Y eso la aterraba.

Justin la aterraba profundamente.

No físicamente, sino emocionalmente.

De la misma manera que estaba totalmente segura de que Justin nunca le haría daño a nivel físico, también sabía con toda certeza que a nivel emocional podía dejarla totalmente destrozada.

Se lo habían advertido. Justin le había dicho que él era el «chico malo» de la familia y, para protegerla, Mitch había pedido a Maggie que la informara de la reputación de mujeriego de su hermano.

Quizá incluso Mitch había hablado con el díscolo de su hermano porque, a las dos de la madrugada, Justin no había ni llamado a su puerta ni marcado su número de teléfono.

Hannah sabía la hora con tanta exactitud porque a las dos de la madrugada todavía seguía despierta, incapaz incluso de cerrar los ojos. Aquel estado de insomnio y de vigilia no tenía nada que ver con el hecho de no saber nada de él, se aseguró. Y por eso ella tampoco se sentía totalmente defraudada, miserablemente decepcionada, ni tenía ningún inmenso vacío en el corazón.

Suspiró. Por enésima vez.

Alrededor de las cuatro de la madrugada, más exactamente a las cuatro y catorce minutos, Hannah tuvo que enfrentarse a la dura realidad de reconocer que Justin sólo se había estado divirtiendo con ella, provocándola, jugando a seducirla. Además, tampoco podía descartar que los continuos pases que le hizo no hubieran sido únicamente para irritar a su hermano Mitch.

Si ésa había sido su intención, había clavado el dardo en el centro exacto de la diana. El problema para Hannah era que la punta del dardo también se había clavado en el centro de su corazón.

La culpa era suya y sólo suya, se dijo. Ella se había metido en la trampa solita. Y se lo tenía merecido. Es más, se merecía no sólo el pinchazo del dardo, sino también la puñalada en el pecho. Porque en todo momento había sabido perfectamente que de ella Justin sólo quería sexo.

En fin, que se fuera al infierno. Se olvidaría de él en cuanto regresara a Filadelfia, a su vida, a su trabajo, y a sus amigos.

Pero primero tenía que descansar un poco. Por la mañana tenía un buen trayecto al volante hasta el aeropuerto y necesitaba dormir aunque fuera un par de horas.

«Duérmete, tonta», se repitió una y otra vez.

Fortaleciendo su cuerpo contra el inmenso vacío interior, cerró los ojos, ignorado la quemazón que sentía en las pestañas, y se concentró en la palabra dormir.

El despertador sonó a las siete, aproximadamente una hora y veinte minutos después de que por fin lograra quedarse dormida.

Casi sin fuerzas, se levantó de la cama y fue dando tumbos hasta el cuarto de baño. Aunque se había duchado la noche anterior para poder salir antes por la mañana, se quitó el camisón y se metió bajo un chorro de agua templada, más bien fría, para despejarse.

La ayudó, pero no mucho. Con un profundo

suspiro, seguido de un gran bostezo, se cepilló los dientes, se cubrió las ojeras con maquillaje y terminó con una suave aplicación de crema hidratante de color y un toque de colorete en las mejillas.

Tras contemplarse en el espejo durante unos segundos con el ceño fruncido, Hannah salió del cuarto de baño e hizo la cama. Con la idea de comer algo en la terminal del aeropuerto antes de subir al avión, se saltó el desayuno y preparó una huida rápida. Vistiéndose rápidamente, se calzó las botas, se puso el abrigo, recogió sus maletas y echó una última mirada al apartamento, para comprobar que todo quedaba en orden.

Con otro suspiro, que se negó a admitir que fuera de decepción, Hannah salió del apartamento y bajó por las escaleras hasta la puerta que daba acceso a la segunda planta. Abrió la puerta de par en par y entró al pasillo. Allí cayó prácticamente en los brazos de Justin Grainger.

—¿Por qué has tardado tanto? —preguntó él, con una sonrisa ladeada en su rostro recién afeitado.

Sorprendida, perpleja, Hannah lo miraba sin saber qué decir.

—¿Q... qué? —balbuceó.

—Creía que no ibas a terminar nunca —dijo él, acariciándole la cara con los ojos, que se detuvieron un momento en su boca—. He oído tu despertador desde mi piso. ¿Qué demonios tienes, un Big Ben en miniatura?

Antes de que ella pudiera abrir los labios para responder, Justin la tomó por un brazo y la llevó por el pasillo hacia las otras escaleras.

–Espero que no hayas perdido el tiempo desayunando. Está esperándote en mi apartamento.

–Pero... pero... –tartamudeó Hannah.

Maldita sea, ella nunca tartamudeaba.

–¿Por qué? –preguntó, permitiéndole que él le quitara una maleta de la mano y la llevara por el tramo de escaleras a la primera planta y hasta el apartamento donde Karla y Ben se habían estado alojando.

–¿Por qué no? –preguntó él, metiéndola dentro del apartamento y cerrando con firmeza la puerta tras de sí.

Más nerviosa de lo que jamás había estado con un hombre, Hannah ignoró su pregunta y respondió con otra.

–¿Dónde están Karla, Ben y el niño?

–Se han ido antes de amanecer. Los he ayudado a cargar las cosas en su todoterreno. Van a visitar a los padres de Karla en Rapid City antes de volver al rancho –explicó él.

–Y entonces ¿por qué me estás guardando el desayuno?

Pero antes de que Justin pudiera responder ella continuó:

–¿Y cómo sabías que aceptaría desayunar contigo?

Justin levantó un dedo.

–Pensé que tendrías hambre.

Sonrió con aquella sonrisa, demasiado sexy y sensual, y después levantó otro dedo y lo cruzó sobre el primero.

–No lo sabía, pero tenía los dedos cruzados. ¿Aceptas?

74

Justin lo había hecho otra vez. Darle una respuesta tan inesperada que la dejó sin saber qué decir.

–¿Acepto qué? –balbuceó ella, sin poder pensar con lógica.

Nunca en su vida de mujer adulta había conocido un hombre con tanta capacidad para anularla.

–Desayunar conmigo –dijo él, con una sonrisa sensual e irresistible, y en un tono de voz que era pura tentación–. Entre otros placeres incluso más satisfactorios.

–Mmm... no... no...

«Maldita sea», musitó Hannah para sus adentros. Estaba tartamudeando otra vez. Aspiró hondo e intentó controlar su voz, aunque sin demasiado éxito

–No... no creo... que... que sea muy inteligente –concluyó por fin.

–Quizá no –dijo él, en el mismo tono de voz grave y tentadora–. Pero sería muy satisfactorio... para todos nuestros apetitos.

–Lo sé –dijo ella, sin pensarlo, y perpleja ante su sinceridad al oír las palabras en voz alta–. Pero eso es lo de menos.

–No, eso es lo de más –la interrumpió él, dejando sus maletas a un lado para enmarcarle el rostro con las palmas de las manos–. Te deseo tanto que me duele todo el cuerpo –murmuró, bajando la boca a unos milímetros de la de ella–. Y tengo la sensación, no, sé con absoluta certeza, que tú me deseas también a mí con la misma desesperación.

–¿Cómo..? –Hannah tragó saliva. Apenas tenía un hilo de voz, porque de repente tenía la garganta seca–. ¿Cómo sabes que quiero lo que tú quieres?

–Ah, dulce Hannah –susurró él, su aliento deslizándose entre los labios femeninos, ligeramente entreabiertos, y entrando en su boca–. Tus ojos te delatan.

La boca de Justin acariciaba sus labios casi sin tocarlos, provocando sensaciones que desencadenaron chispas de deseo por todo su cuerpo.

–Reconócelo –continuó él, con un ligero tono de pícara amenaza–. Para que podamos seguir con otras cosas, empezando con el desayuno, que a juzgar por el olor ya está listo.

Al mencionarlo, Hannah aspiró el agradable aroma a café recién hecho, a tostadas, a huevos fritos.

–Está bien –dijo, rindiéndose, pero no a él, se dijo a sí misma, sino a los ruidos que retumbaban en su estómago vacío–. Desayunaré contigo –aceptó, pero rápidamente se apresuró a añadir–: pero tengo que darme deprisa, o perderé el avión.

–Habrá otros aviones.

Suavemente, muy ligeramente, Justin le acarició durante un segundo la boca con los labios.

Hannah no pudo reaccionar. No podía respirar. Aquel amago de deseo había convertido las chispas de su interior en intensas lenguas de fuego.

Permaneció allí de pie, enmudecida, mientras Justin levantaba la tira del bolso que colgaba de su hombro y le quitaba el abrigo deslizándoselo por los brazos. Hannah tampoco protestó cuando lo vio guardar el abrigo, el bolso y las dos maletas en el armario del vestíbulo. Volviéndose a mirarla, Justin sonrió.

La sonrisa derritió aún más lo que ya estaba totalmente calcinado en su interior.

Justin le tendió una mano.

—Ven, vamos a desayunar.

Hannah se sentía repleta y satisfecha. Con una segunda taza de café en las manos, se apoyó en el respaldo de la silla, uno de sus apetitos totalmente apaciguado.

—¿Quieres más? —preguntó Justin, arqueando una ceja, y sonriéndole sobre el borde de su taza de café, en un gesto que volvió a prender un apetito mucho más básico y primitivo en el cuerpo femenino.

—No, gracias —dijo ella, con una sonrisa un poco indecisa—. Gracias. Ha sido un desayuno delicioso.

—De nada —dijo él, bajando la taza, con los labios húmedos por el café, más tentadores que nunca—. Y gracias a ti, me alegro de que te haya gustado.

—Desde luego que sí. ¿Te gusta cocinar?

—No suelo hacerlo, lo reconozco, pero sé preparar unos cuantos platos.

—¿Un hombre de muchos talentos?

—Oh, cielo, te sorprendería.

A Hannah nunca le había gustado que los hombres la llamaran «cielo» ni otros apelativos similares, pero no sabía por qué, de labios de Justin no la molestaba. De hecho, le gustaba.

–¿Otra taza? –preguntó él, alzando la suya.

–No, gracias –dijo ella, negando con la cabeza antes de apurar su taza de café y dejarla en la mesa.

Acto seguido se levantó, diciéndose que tenía que ponerse en marcha antes de rendirse ante el deseo de quedarse y disfrutar de los placeres que Justin le ofrecía tan tentadoramente.

–Tengo que irme –dijo–. He de volver a mi casa en Filadelfia.

–¿Por qué? –preguntó él con una sonrisa–. Iba a decir que la casa está donde está el corazón –continuó él, moviendo la cabeza–, pero me he dado cuenta de que es demasiado directo.

Aunque Hannah intentó reprimir una sonrisa, no pudo.

–¿Y no crees que prácticamente todo lo que me has dicho, todas las sugerencias que me has hecho han sido demasiado directas?

Justin puso una cara larga, como de enfadado. Un enfado muy atractivo.

–Y yo que pensaba que me estaba comportando con discreción y sutileza.

Hannah soltó una carcajada.

–¿Sutileza? Justin Grainger, eres tan sutil como una sierra mecánica.

–Tus palabras me duelen profundamente –dijo él, con un pícaro brillo en los ojos. Dejó la taza a un lado y echó a caminar hacia ella–. ¿Ésta es la manera de empezar un romance?

–¿Romance? –a Hannah le saltaba el corazón en el pecho, expectante–. No... no estamos empezando ningún romance.

Hannah dio un paso atrás. Él dio dos pasos hacia delante.

–Apenas nos conocemos –continuó ella, alzando una mano, como si de verdad creyera que así podría detenerlo.

Por supuesto que no lo detuvo. Justin continuó avanzando, arrinconándola contra la pared de la cocina. Allí alzó las manos para enmarcarle la cara. Las palmas eran cálidas y suaves. Le acarició las mejillas con sus largos dedos.

–Justin.

Si hubiera podido, Hannah habría respirado profundamente, pero le fue imposible.

–No –susurró, sin aliento, casi sin querer.

Entonces Justin se detuvo, su boca a pocos centímetros de la de ella, y suspiró, como si la negativa de ella lo hubiera paralizado.

–Oh, dulce Hannah, no me digas que no –murmuró–. Si no te beso ahora, voy a explotar.

Hannah levantó una mano hasta su hombro para hacerlo retroceder. Sintió cómo los músculos se tensaban bajo sus dedos, y entonces, sorprendida ante su propio atrevimiento, deslizó las manos por la nuca masculina, le sujetó el pelo con los dedos abiertos, y atrajo su cabeza hacia ella para devorarle la boca.

Justin no vaciló en devorarla a su vez. Manteniéndole la cabeza sujeta, ladeó la boca sobre la de ella. Dibujó con la lengua el perfil de sus labios antes de iniciar una exploración más en profundidad y un erótico baile entre sus lenguas.

Hannah apenas podía respirar, pero tampoco le importaba. La boca de Justin era un paraíso, su lengua un ardiente instrumento de tortura sensual.

Las manos masculinas se deslizaron por su espalda, le sujetaron las nalgas y la apretaron contra él. Todo pensamiento racional se disolvió, barrido por un torrente de sensaciones, en parte de agonía, en parte de placer, todas increíblemente excitantes.

¿Era capaz de provocarle aquello sólo con un beso?, se preguntó Hannah, maravillada, en algún rincón oscuro de su mente. ¿Cómo sería hacer el amor con él?

En ese momento, sin tener que pensarlo ni un segundo, lo cual estaba bien ya que de todas maneras no podía pensar, Hannah supo que tenía que averiguarlo, poseerlo mientras era poseída por él.

–Hannah, dulce Hannah –gimió Justin dentro de su boca, antes de levantar la cabeza para mirarla a los ojos–. No puedes besarme así y decirme que te tienes que ir, que no estamos empezando un romance.

–Lo sé –reconoció ella, en un susurro.

Justin se retiró unos centímetros para estudiar la expresión de su cara.

–Me deseas, ¿verdad, dulce Hannah?

Hannah no respondió inmediatamente, sino que permaneció mirándolo en silencio. Ya que en ese momento era capaz de respirar un poco, y casi de pensar, se dio cuenta de que no sabía cuántas veces la había llamado «dulce Hannah». Pensó que la habían llamado muchas cosas en su vida. Su hermano mayor solía llamarla «enana», sus amigas muchas veces la apodaban «Doña Corazón de Hielo», y de varios pretendientes había escuchado cosas como «preciosa», incluso «espectacular», pero nunca «dulce». Si alguien le hubiera dicho que era dulce, se habría enfadado. Dulces eran los bebés, no las mujeres hechas y derechas.

Entonces, ¿por qué sentía que se le derretía el corazón al escuchar el apelativo cariñoso murmurado por los tentadores labios de Justin?

—¿Hannah?

La voz de Justin la sacó de sus pensamientos. Parpadeó.

—¿Qué?

Entonces se acordó de la pregunta, y respondió con absoluta sinceridad

—Oh... sí, te deseo, Justin —admitió, extendiendo los dedos entre la mata de pelo oscuro.

La suave risa de Justin llegó cargada de felicidad. Soltándole las nalgas, Justin dejó colgar los brazos a ambos lados.

—Entonces tómame, dulce Hannah. Soy todo tuyo.

Hannah aceptó la invitación apretando la boca contra la de él.

Sin romper el contacto, Justin la separó de la pared, y la llevó en brazos a través del pequeño comedor en dirección al dormitorio.

Ahogándose en un mar de sensaciones, Hannah apenas era consciente de los brazos que le rodeaban la cintura y la mantenían muy pegada a él. Pero era totalmente consciente del calor que quemaba en su interior al sentir los músculos firmes y sólidos de Justin contra ella.

Tras entrar en el dormitorio, Justin cerró la puerta con el pie descalzo. Sin interrumpir el beso, la llevó a un lado de la cama y la dejó de pie en el suelo. Después dio un paso atrás y llevó las manos al dobladillo del suéter de Hannah.

Temblando de deseo, Hannah alzó las manos y dejó que él le quitara la prenda por la cabeza. Después empezó a desabrochar los botones de la camisa de Justin cuando algo importante la hizo detenerse.

–Tienes que saber que no utilizo ningún método anticonceptivo. No he usado nada desde hace dos años.

Justin frunció el ceño.

–Eso es muy arriesgado, ¿no?

–En absoluto –dijo ella, con una dulce sonrisa en los labios–. No... no he tenido... –sacudió la cabeza–. Bueno, ya sabes.

–¿No has tenido relaciones sexuales en dos años?

Ni la voz de Justin ni su expresión perpleja pudieron ocultar su sorpresa e incredulidad.

–¿Hablas en serio?

–Sí –suspiró ella.

–¿No te gusta el sexo?

Ella tuvo que sonreír.

–Bueno, no me disgusta –dijo, suspirando otra vez. Se encogió de hombros y continuó–. Es sólo que no me he sentido atraída por ningún hombre desde que terminé una relación sentimental hace poco más de dos años.

–¿Por qué cortasteis? –preguntó él, en un tono que parecía más bien decir que casi prefería no saberlo.

–Fue mutuo –respondió ella–. Lo nuestro ya no funcionaba.

–¿Qué no funcionaba? –preguntó él, mirándola intensamente a los ojos–. ¿El sexo?

–Bueno... sí –confesó ella, bajando los ojos al torso desnudo del hombre, y dándose cuenta de repente de su propia desnudez–. Creo que debo avisarte de que es posible que no... responda plenamente –continuó ella–. Nunca he tenido un orgasmo.

–Bromeas.

Cansada de sentirse como un fracaso de mujer, Hannah alzó la cabeza y lo miró directamente a los ojos.

–No, no bromeo. Maldita sea, ¿crees que una mujer en su sano juicio puede bromear con algo tan serio como eso?

–No, supongo que no –dijo él, y después preguntó–: Has dicho que me deseabas. ¿Lo decías de verdad, o estabas sólo experimentando conmigo?

–Lo decía en serio –dijo ella, en un tono totalmente firme y convencido–. Te deseo.

–Bien –susurró él, la llama de deseo brillando una vez más en sus ojos. Bajando la cabeza, le rozó la boca con los labios–. Entonces manos a la obra, veamos si puedes tener ese orgasmo.

El mero roce de su boca la dejó sin aliento.

–¿Y la protección? –dijo ella, entre jadeos.

Justin sonrió.

–Por suerte para nosotros –dijo, metiéndose una mano en el bolsillo del vaquero y sacando un paquete pequeño–, yo siempre practico sexo seguro.

Capítulo Seis

Hannah estaba tumbada justo donde Justin la había colocado, en medio de la cama de matrimonio, y observó cómo él se tendía cuan largo era a su lado.

–Hannah, Hannah –murmuró él–. ¿Qué voy a hacer contigo?

Ella contuvo el aliento y abrió los ojos desmesuradamente, con expresión inocente.

–¿Necesitas instrucciones?

Justin se echó a reír suavemente.

–Eso sí que es la gota que colma el vaso, cariño. Ahora te vas a enterar.

–¿De verdad, de verdad?

Hannah le rodeó el cuello con los brazos para besarlo en la boca. Se estaba divirtiendo como nunca. Jamás había bromeado y reído mientras hacía el amor.

–¿Crees que me gustará?

–Vamos a averiguarlo –susurró él, apoderándose de su boca.

Intensificando el beso, Justin deslizó una mano por el hombro femenino hasta la suave redondez del pecho. Jadeando, Hannah arqueó la espalda, buscando sus excitantes caricias. Gimiendo dentro de su boca, él le tomó el pecho y encontró el botón endurecido con los dedos.

Un río de lava fundida fluyó desde el pezón erecto hasta el centro de su feminidad. Hannah estaba en llamas. No podía respirar, pero no le importaba. Quería más y más.

Moviéndose para acercarse más a él, bajó los brazos y lo atrajo hacia sí, a la vez que sus manos hacían una exploración táctil de la ancha espalda, la estrecha cintura, las caderas rectas, los músculos fuertes y poderosos.

Necesitaba algo... algo.

–Despacio, cielo –dijo él suavemente, siguiendo con los labios el rastro de la mano–. Tenemos todo el día. Hay tiempo de sobra –le aseguró, antes de acariciar con la lengua el pezón que había endurecido con los dedos.

Hannah gimió en lo más profundo de su garganta ante las exquisitas sensaciones que la lengua masculina enviaba por todo su cuerpo como si fueran movimientos sísmicos. Ardía de deseo, y cada centímetro de su cuerpo necesitaba... ese algo.

Sujetándolo por las caderas, Hannah se arqueó hacia él, en un intento de unir sus cuerpos. Resistiéndose a su propio impulso, Justin se distanció unos centímetros a la vez que deslizaba la mano hacia el centro de su cuerpo tembloroso.

–¡Justin! –exclamó Hannah, cuando las caricias de la mano masculina encontraron y se abrieron paso a través del vello rubio y rizado hasta el centro de su ser–. ¡Justin! –exclamó de nuevo, su voz casi un lamento cuando él separó los delicados pliegues para explorar la humedad caliente del interior–. ¡Por favor!

–¿Por favor qué, dulce Hannah?

La acarició más profundamente, mientras llevaba la cabeza de nuevo a su boca y capturaba sus jadeos entrecortados con los labios.

Hannah arqueó las caderas hacia su mano.

–Necesito... necesito... –se interrumpió para respirar.

–¿A mí? –susurró él, acariciándole el lóbulo de la oreja con la lengua.

–Sí, te necesito a ti, tu cuerpo... ahora.

–A tu servicio, dulce Hannah.

Sin dejar de excitarla con la lengua, Justin se colocó entre los muslos femeninos.

Inmediatamente ella le rodeó el cuerpo con las piernas, y lo atrajo hacia sí. Cuando él la penetró, Hannah dejó escapar un grito de pasión, y siguió el ritmo rápido y fuerte del cuerpo masculino. Sujetándose a él firmemente, arqueó la cabeza hacia atrás y acopló sus movimientos a los de él.

El fuego en su interior arreciaba sin control. Hannah sintió la insoportable tensión, que de repente estalló.

–¡Justin!

Gritó su nombre una vez más, casi sin voz, mientras su cuerpo se convulsionaba bajo el de él. Reaccionando al intenso placer que la recorría una y otra vez, Hannah clavó las uñas en las nalgas masculinas, y escuchó su nombre repetido en labios de Justin, cuando éste alcanzó el clímax.

Puro éxtasis. Hannah quería decírselo, darle las gracias, pero al principio apenas podía respirar. Después, cuando su respiración se tranquilizó y pudo hablar, antes de poder emitir una sola palabra, sucumbió al sueño que le había evitado durante la larga noche anterior.

–¿Hannah?

Cuando por fin Justin logró controlar su respiración, alzó la cabeza empapada en sudor que tenía apoyada en el pecho igualmente empapado de Hannah, y la miró. Tenía los ojos cerrados, y su aspecto era tranquilo. Relajado y tranquilo. Su respiración también era normal, como de dormir.

–Te he dejado K.O., ¿verdad?

Sonriendo, salió de ella y se tendió a su lado. Atrajo el suave y flexible cuerpo femenino hacia sí, y le apoyó la mejilla en su pecho.

–Ah, Hannah, dulce Hannah –murmuró, sin querer despertarla.

Aunque con la rápida reacción de su cuerpo al contacto con la piel femenina, deseó despertarla de nuevo y volver a hacerle el amor. Pero se contuvo, y la dejó descansar.

Lo necesitaba, pensó, frotando la mejilla contra la melena sedosa y despeinada. Sintió que su cuerpo se endurecía de nuevo al recordar los largos mechones rubios desparramados sobre la almohada y los gemidos de pasión que había arrancado de sus labios.

Porque Hannah era una mujer apasionada. Mucho. Justin todavía podía escuchar el eco de su voz suplicante, las uñas clavándose en su piel, los gemidos arrancados de su garganta por la intensidad del orgasmo.

La respuesta de Hannah había provocado el orgasmo más fuerte y devastador que él había tenido jamás, pensó, deseando repetir la experiencia.

¿Es que los antiguos amantes de Hannah eran auténticos inútiles? ¿Cómo se explicaba que no se excitaran, abrasaran mejor dicho, como él ante su apasionada e intensa sensualidad?

Una sonrisa de satisfacción se dibujó en su rostro al darse cuenta de que él había sido el primer hombre en llevar a Hannah al punto más alto de placer.

No había otra forma de describirlo, pensó, contemplando cómo dormía satisfecha y relajada entre sus brazos.

Uno de ellos, por cierto, se le estaba quedando dormido por el peso, pero no le importó. Ignorando la sensación y los deseos renovados de su cuerpo endurecido, Justin cerró los ojos.

–Dulce, hermosa Hannah –susurró, besándola en la cabeza antes de quedarse dormido.

Cuando Hannah despertó, los rayos de la tarde entraban en la habitación. Se sentía bien. No, se dijo bostezando. Se sentía maravillosamente bien, y hambrienta. No, eso tampoco era exacto. Estaba desfallecida, muerta de hambre, y su hambre no era sólo de comida.

Intentó moverse entre los confines del fuerte abrazo de Justin, deslizando su cuerpo contra el de él.

Justin. Un estremecimiento la recorrió al recordar lo que habían compartido. Con la boca, con las manos, con el cuerpo, él le había hecho un regalo que superaba todas sus expectativas. No sólo por el maravilloso orgasmo, sino por liberarla del temor a ser frígida.

—Estaba empezando a pensar que habías muerto.

El aliento masculino le hizo cosquillas en la cabeza, y el tono de voz, grave e íntimo, le hizo cosquillas en la libido.

—Hace un rato ha habido un momento que he pensado lo mismo —dijo ella, echando la cabeza hacia atrás, y sonriéndole—. ¿No es así como lo llaman los franceses? ¿La pequeña muerte?

—Sí —dijo él, curvando la boca en gesto seductor—. ¿Quieres repetir?

—Sí, por favor —dijo ella, deslizando la mano libre sobre el pecho masculino para juguetear con uno de los pezones.

La reacción fue tan rápida que le cortó la respiración.

Gruñendo como un cavernícola, Justin se incorporó y se colocó sobre ella, tendiéndola de espaldas sobre la cama. Exactamente donde ella quería estar en ese momento. Separó las piernas para él.

—No tan deprisa, dulce Hannah —dijo él, riendo y bajando la cabeza hacia ella—. Antes has hecho de mí lo que has querido. Esta vez me toca a mí.

Hannah hizo una mueca con los labios. Sin dejar de reír, Justin aplastó los labios femeninos con la boca cálida y hambrienta.

Esta vez la pequeña muerte fue incluso más intensa; el orgasmo, más devastador. Hannah jamás había esperado sentirse como si estuviera más arriba de las nubes. Eso era sin duda un subidón natural. Las delicadas, lentas y expertas caricias de Justin la habían llevado a un punto que la hicieron gritar de placer.

Probablemente, Hannah se habría sentido avergonzada del grito incontrolable de pasión que surgió de lo más profundo de su garganta si a los pocos segundos no hubiera escuchado otro grito similar en boca de Justin. Todavía enterrado profundamente en su interior, Justin permaneció tumbado con la cabeza apoyada en sus senos, sudoroso y satisfecho. Moviéndose debajo de él, Hannah le frotó las nalgas con las piernas.

Él murmuró algo sobre su pecho, dejándole saber que seguía vivo, aunque no muy despierto.

–Tengo hambre –dijo ella, deslizando los dedos por el pelo masculino, acariciando los largos mechones morenos, despeinados y empapados en sudor.

–¿Estás intentando matarme, mujer? –murmuró él, alzando la cabeza y mirándola con fingida incredulidad–. Tengo más de treinta años, no dieciocho.

Hannah soltó una risita.

–Me ha parecido notar que algo despertaba dentro de mí –mintió ella, con picardía, riendo.

–Te ha parecido mal. Está totalmente inutilizado –dijo él, sonriendo–. Necesita un rato para poder volver a entrar en acción. ¿Crees que podrás soportar la espera?

–Supongo que sí –dijo ella, con un suspiro, y sonrió–. Pero no sé cuánto rato más puedo soportar tu peso.

Justin se incorporó y rodó sobre su espalda, tendiéndose a su lado.

Hannah dejó escapar un exagerado suspiro de alivio.

—Así está mejor —dijo.

Arqueó la espalda, y estiró los brazos y las piernas, que se habían quedado ligeramente entumecidos.

—Tengo hambre —dijo.

—Ya te he oído —dijo él, sonriendo. Alzó la cabeza para mirarse por delante—. Y yo ya te he explicado que...

—De comida —lo interrumpió ella, arrugando la nariz—. Así que levanta tu agotado cadáver de la cama y ayúdame a preparar algo de comer.

—Negrera —se quejó él, riéndose mientras se levantaba de la cama—. No pienso hacer nada más hasta que me duche y me afeite —le aseguró, rodeando la cama. Entonces la tomó en brazos y se dirigió hacia la puerta—. Y tú, dulce Hannah, te vienes a la ducha conmigo.

Conteniendo otra risita, Hannah le rodeó el cuello con los brazos y se frotó la cara en su hombro.

—Nunca me he duchado con un hombre —confesó en voz baja.

Justin la miró a los ojos, y negó con la cabeza, con expresión compasiva.

—Hay muchas cosas divertidas que no has hecho nunca con un hombre, ¿verdad?

—Verdad —reconoció ella.

—¿Te ha gustado tu... mmm, primera cosa? —preguntó él, arqueando las cejas y moviéndolas arriba y abajo, al más puro estilo Groucho Marx.

Hannah se echó a reír, y sintió el rubor que le cubrían las mejillas.

–Inmensamente –admitió.

Maldita sea. ¿Qué tenía aquel hombre? No se había ruborizado desde... qué demonios, ni siquiera se acordaba de haberse ruborizado nunca con nadie.

–Entonces, créeme, cielo, esto también te va a encantar –le prometió él.

Y no se equivocó en absoluto. Hannah disfrutó de cada minuto que pasaron mojándose, salpicándose, enjabonándose, acariciándose, deseándose bajo el agua caliente de la ducha. Y quién sabía el tiempo que hubieran seguido allí de no ser por los ruidos de hambre que empezaron a retumbar en el estómago de Hannah.

Secarse el uno al otro fue casi tan divertido.

Limpia, pero desnuda como el día que nació, Hannah volvió a meterse bajo las sábanas mientras Justin se afeitaba. Cuando él entró en la habitación totalmente desnudo, ella admiró el cuerpo delgado y musculoso mientras él se ponía calzoncillos, vaqueros, y un suéter de punto por la cabeza.

–¿Ves algo que te guste? –preguntó él, arqueando las cejas.

–La verdad es que me gusta todo el conjunto –admitió ella, con total sinceridad–. Eres un hombre muy atractivo y agradable.

–Vaya, el último cumplido es un alivio –dijo él, dejando escapar un profundo suspiro–. Por un momento he pensado que sólo me querías por los placeres de mi cuerpo.

–Bueno –dijo Hannah, bromeando–. Eso también.

–Gracias. ¿Piensas salir de tu escondite? Creía que tenías hambre.

–Y la tengo, pero aquí no tengo ropa limpia –dijo ella, recorriendo con la mirada las prendas esparcidas por toda la cama–. Estoy esperando a que te portes como un caballero y me traigas las maletas.

–Sabía que eras una negrera –murmuró él.

En cuestión de minutos Justin regresó y dejó las maletas al lado de la cama. Después cruzó los brazos y se quedó mirándola.

–Fuera –ordenó ella, señalando la puerta con una mano.

–Pero quiero mirar –dijo él, en un tono parecido al de un niño caprichoso.

–¿Qué pasa, eres un voyeur? –preguntó Hannah, a la vez que se hacía con una almohada y se la tiraba a la cabeza.

Justin se agachó. La almohada le pasó a pocos centímetros.

–No –dijo sonriendo–. Pero tú me has mirado a mí. He sentido tus ojos como si fueran una caricia. Y ahora quiero el privilegio de mirarte a ti.

–No tienes tiempo para mirarme –dijo ella, disfrutando del intercambio–. Ya te lo he dicho, tengo hambre.

–Entonces, mujer, te sugiero que muevas el trasero y te vistas –dijo él, apoyándose indolente contra el marco de la puerta–. Porque no pienso moverme.

¿Mujer? ¿Qué clase de apelativo machista y anticuado era ése? ¿En qué siglo creía que estaban, en el XIX? Dirigiéndole una mirada fulminante que sólo provocó una sonrisa en los labios masculinos, Hannah apartó las sábanas y se levantó.

—Muy bien, maldita sea. Mira todo lo que quieras.

Sin dejar de sonreír, Justin así lo hizo, sin perder detalle, mientras ella rebuscaba en la maleta más grande.

Disfrutando en secreto de la mirada acariciadora en cada centímetro de su cuerpo, Hannah se tomó su tiempo para ponerse el exquisito conjunto de encaje de braga y sujetador con cierre por delante, los vaqueros ajustados que le ceñían delicadamente las caderas y el suéter de cuello alto.

—Eres una mujer absolutamente espectacular, de la cabeza a los pies, dulce Hannah —dijo él.

—Gracias —susurró ella.

Sintiendo que se ruborizaba una vez más, esta vez de placer, Hannah le dio la espalda y abrió la otra maleta donde llevaba el calzado. Al igual que él, no se molestó en sacar un par de zapatos, sino un par de zapatillas de satén.

Entretanto, Justin abrió un cajón de la cómoda y sacó un par de calcetines gruesos para mantener los pies calientes.

Después extendió la mano y se la ofrecido a Hannah.

—Ahora vamos a buscar algo para comer —dijo, echando una ojeada a la ventana. Fuera ya había oscurecido—. O mejor dicho para cenar. Aunque también podría ser un picoteo de medianoche.

–No lo creo –dijo Hannah, saliendo con él de la habitación–. He mirado el reloj. Sólo son las nueve y cuarto.

–Sólo, dice –dijo él, buscando a tientas el interruptor de la luz mientras entraban en la cocina–. No hemos comido nada desde esta mañana al amanecer. Estamos los dos muertos de hambre y dices que sólo son las nueve y cuarto.

Hannah se echó a reír. Pero al ver los restos del desayuno todavía en la mesa, soltó un gruñido exagerado.

–Oh, no.

–Oh, sí –dijo Justin, apoyando las manos en las caderas–. Todo patas arriba, Te propongo un trato, dulce Hannah.

Ella lo miró escéptica.

–¿Qué clase de trato?

Él frunció el ceño y sacudió la cabeza con un gesto de tristeza y desesperación.

–Tienes una mente muy desconfiada, Hannah Deturk.

–Y con mucha razón, Justin Grainger –le espetó ella–. ¿Qué trato?

–Está bien, está bien. Éste es el trato. Yo preparo la cena si tú recoges los restos del desayuno.

–Trato hecho –aceptó ella inmediatamente, consciente de que le había tocado la mejor parte.

Cruzó la cocina hasta la mesa y se puso a trabajar, mientras Justin iba a la nevera.

–Estaba delicioso –dijo Hannah, alzando la copa de vino hacia Justin a modo de saludo–. Eres un excelente cocinero.

–O eso –dijo él, inclinando la cabeza y levantando su copa casi vacía hacia ella–, o tú estabas verdaderamente muerta de hambre.

–Lo estaba –reconoció ella–, pero eso no significa que lo que has preparado no estuviera exquisito. Tus dotes culinarias son impresionantes.

Justin se echó a reír.

–Yo no iría tan lejos como para llamarlo así. Simplemente me las sé arreglar para preparar una comida decente. Mi madre sí que es una excelente cocinera.

–Tu madre me cayó bien –dijo Hannah–. Es una mujer encantadora. Me gustó cómo sabe llevar a su esposo y a sus hijos mayores. Los tres me cayeron muy bien.

–¿Tres? –repitió Justin–. ¿Sólo mi padre, Adam y Mitch? ¿Y yo qué? ¿Yo no te caigo bien? ¿No te gusto?

La expresión y el tono de voz de Hannah se endurecieron. Por un instante se puso sería.

–Sí no me gustaras, Justin, ¿de verdad crees que estaría aquí contigo ahora?

–No –contestó él, sacudiendo la cabeza, su voz tan seria como la de ella–. No, Hannah. No creo ni por un segundo que estuvieras aquí si no hubieras encontrado algo en mí que te guste.

Incapaz de mantener el tono serio por más tiempo, Justin sonrió y el destello divertido volvió de nuevo a sus ojos.

–¿Qué es lo que te gusta de mí? ¿Mi cuerpo? ¿Mi..?

–Es fantástico –lo interrumpió ella, reprimiendo una carcajada–. Y sabes utilizarlo muy bien.

Justin arqueó una ceja, pero continuó con lo que iba a decir.

–¿Mi personalidad?

–No sabía que tuvieras de eso.

Él soltó una carcajada.

El pulso de Hannah se aceleró, y sus sentidos despertaron de nuevo, en alerta total. No entendía cómo era posible que las risas de un hombre provocaran unas sensaciones tan excitantes en su interior, y aunque por un lado estaba encantada con ellas, por otro sentía auténtico pánico.

–Me gustas –dijo Justin, sin que nadie se lo preguntara–. Y también me gusta tu precioso cuerpo.

–Eso ya me lo había imaginado –le aseguró ella, con ironía.

–Pero me gustaría hacer una nueva exploración del terreno –continuó él, con una insinuante sonrisa–. Sólo para asegurarme.

–Bien –dijo ella, mirándolo con cautela–. Pero eso tendrá que esperar. Mi avión ha despegado hace horas. Tengo que llamar a la compañía y ver si puedo reservar otro vuelo.

–Ya has perdido el vuelo –le dijo él, con voz suave y persuasiva–. ¿Por qué no esperas hasta mañana para llamar y reservar otro?

–Es que... –se interrumpió al ver la expresión de renovada pasión en los ojos masculinos.

Al ver su vacilación, Justin echó la silla hacia atrás y se levantó.

–Vamos, recojamos esto –dijo, poniendo su plato y cubiertos juntos.

Levantándose, Hannah empezó a seguir su ejemplo.

–Y después de recoger los restos de la cena, iremos al dormitorio...

–Estupendo –dijo él, mirándola con una sonrisa de oreja a oreja.

–Para recoger la ropa que hemos dejado esparcida por todo el suelo.

–Vale, vale –murmuró él, con menos entusiasmo.

Diez minutos después, Justin estaba colgando las toallas húmedas en el cuarto de baño.

–Oye, esto hubiera podido esperar también hasta mañana –le gritó a Hannah, que estaba doblando la ropa en la habitación.

–Vale, vale –respondió ella, con la misma falta de entusiasmo que Justin había mostrado unos minutos antes–. Pero mañana me lo agradecerás.

Y era cierto. Por la mañana Justin agradeció a Hannah muchas cosas, aunque ninguna tenía nada que ver con recoger la ropa. Le agradeció con palabras y caricias, con besos apasionados e intensos, lo que le aseguró que había sido la noche más fantástica de su vida.

Capítulo Siete

–¿Y qué me dices de Beth? –preguntó él, con un brillo en los ojos–. ¿Te cayó bien?

Hannah tardó unos minutos en hacer la conexión. Justin y ella estaban desayunando. Esta vez, él había preparado copos de avena con azúcar integral, y la observaba desde su silla, esperando la respuesta.

–Oh, tu hermana, Beth –dijo Hannah por fin, cuando la pregunta de Justin acabó de abrirse paso entre la neblina de su mente.

Al menos no le había respondido con un «¿Mmm?», pensó Justin.

–Me cayó bien, muy bien –continuó Hannah–. Hace unos días se pasó por el apartamento de Maggie, y estuvimos hablando. Además de ser amable y cariñosa, es una mujer preciosa, una increíble combinación de tu padre y tu madre.

–Sí, es cierto –dijo Justin, metiéndose otra cucharada de cereales en la boca. Después bebió un trago de zumo de naranja–. Y la mujer de Adam, Sunny, también es preciosa.

Asintiendo, Hannah bebió un sorbo de su zumo.

–Sí, es encantadora, y su hija, Becky, es una monada. Enseguida me quedé prendada de ella.

Justin se echó a reír.

–Sí, le pasa a todo el mundo –dijo él arqueando una ceja–. ¿Te gustan los niños?

–Mucho –respondió ella, y se limpió la boca con una servilleta–. Algunos de mis mejores amigos tienen hijos.

Justin se puso en pie y fue a buscar la cafetera para servirse otra taza de café.

–¿Qué me dices de ti?

Frunciendo el ceño, Hannah lo miró sin comprender.

–¿De mí qué?

–No te hagas la sueca, dulce Hannah –la reprendió él–. Yo te he hablado de mí. Ahora te toca a ti.

Aquella mañana estaba un poco más lenta que de costumbre, pensó. Probablemente debido a la increíble noche de sexo y pasión que había vivido en brazos de Justin.

–Eso no es cierto, no me has contado nada de ti –dijo ella–. Sólo me has preguntado mi opinión sobre tu familia.

–Bueno, yo desde luego no puedo darte mi opinión sobre la tuya porque no la conozco.

–¿Quién se está haciendo el sueco ahora, don listillo? –le espetó ella, imitando el gesto de ceja arqueada de su amante.

Justin bebió con cuidado un trago de la taza de café humeante y la miró.

–Está bien, ¿qué quieres saber, todos mis terribles y oscuros secreto?

–¿Tienes alguno?

–No.

Hannah se echó a reír. No podía evitarlo. Le encantaban aquellas conversaciones con él.

–¿De verdad eres el chico malo que dijo tu madre? –preguntó ella, aunque no creía en absoluto que él fuera a confesarle todas sus aventuras de faldas.

–Por supuesto que no. Soy peor.

–Ya lo creo. ¿En qué sentido?

–No sé a qué te dedicas –dijo él, divertido–. Pero los interrogatorios policiales se te dan muy bien.

–Trabajo en marketing –dijo ella, burlona–. Y no intentes cambiar de tema. No lo conseguirás. Quiero conocer todos los detalles lascivos.

–¿Lascivos? –Justin echó la cabeza hacia atrás y soltó una carcajada–. En serio que eres increíble, mujer.

Mujer. Otra vez. Ya era hora de que se enterara de que no vivían en la Edad Media, sino que estaban en el siglo XXI.

–Sí, es cierto, soy increíble. Y no me llames mujer. Me llamo Hannah.

Él la miró sorprendido.

–¿No eres una mujer? Vaya, habría jurado lo contrario. O al menos eso me pareció ayer por la mañana y anoche. Sobre todo anoche. Y te llamaré mujer siempre que quiera.

–Está bien –dijo Hannah, y echando su silla hacia atrás se levantó–. Me largo.

Le dio la espalda, y se dirigió hacia el teléfono de la pared de la cocina.

–Espera un momento.

La mano de Justin cubrió la suya sobre el auricular del teléfono, deteniéndola.

Hannah ni siquiera lo había oído moverse.

–Hannah, cielo –le susurro al oído–. Era sólo una broma. ¿Qué haces?

–Exactamente lo que dije que iba a hacer –dijo ella–. Llamar a la compañía para reservar otro vuelo, con suerte para esta noche o mañana por la mañana.

–Hannah –murmuró él, su voz suave y seductora como un canto de sirenas. Soltándole la mano para sujetarla por el hombro, la hizo girar en sus brazos–. No te vayas.

Hannah alzó los ojos y bajó la guardia. La mirada de Justin estaba cubierta por una neblina de pasión. Oh, cielos, tenía que salir de allí. Tenía que alejarse de él, porque si se quedaba a su lado un segundo más acabaría sufriendo. Hannah sabía que su razonamiento era el correcto, y sin embargo... Sin embargo...

–Hannah –Justin bajó lentamente la cabeza hasta rozarle los labios con la boca–. No te vayas. Quédate conmigo, una semana, o al menos unos días.

Justin dibujó el perfil de los labios femeninos con la lengua, y Hannah perdió toda resistencia. Y muy en contra de la decisión que acababa de tomar, supo que ya era demasiado tarde para resistirse.

Deseaba a aquel hombre con todo su cuerpo. Era tan sencillo y aterrador como eso. Rindiéndose más a sus propias necesidades y deseos que a la súplica de Justin, Hannah alzó los brazos, rodeó el cuello masculino y le atrajo la boca hacia sí.

–Dijiste que habías estado casado.

–Sí –dijo Justin.

Hannah no podía verle la cara, ya que estaba

tendida en la cama pegada a él, con la mejilla apoyada en el pecho masculino. El cuerpo de Justin se cerraba en gesto protector a su alrededor, mientras sus dedos le acariciaban lentamente un mechón de pelo. La postura protectora de su cuerpo le recordó algo que sucedió durante la recepción de la boda de Maggie.

Después de dejar a Maggie en la suite nupcial, Hannah había regresado al vestíbulo del hotel, yendo directamente al guardarropa. Dejando la bolsa alargada en la que iba el vestido de novia de Maggie sobre el mostrador, se cambió los zapatos de tacón alto por las botas que había llevado antes. Se puso el abrigo y después sujetó de nuevo las bolsas del vestido y los zapatos y pensó en salir de allí sin despedirse de nadie, antes de que Justin empezara a buscarla.

Echó a andar hacia las puertas del vestíbulo del hotel, pero con un suspiro de resignación cambió de dirección para entrar en la sala del banquete nupcial donde estaban reunidos todos los invitados. Los buenos modales fruto de su esmerada educación la obligaban a despedirse de la familia de Justin, y dar las gracias al matrimonio Grainger por las dos magníficas veladas que había pasado, la del ensayo y la de la boda.

Al asomarse por la puerta del salón, la resolución de Hannah se disolvió. Justin estaba de pie junto a la mesa, hablando y riendo con su padre y con Adam, y desde luego con un aspecto de lo más tentador.

Estaba a punto de darse media vuelta para irse cuando la pequeña Becky se acercó a su tío y le tiró de la pernera del pantalón. Justin la miró con una tierna sonrisa, y se inclinó sobre ella, en gesto protector. La niña le estaba diciendo algo a su tío, y éste, con una risa, la tomó en brazos y la llevó hacia la pista de baile.

Desde la entrada, Hannah había observado la escena, esperando que Justin diera unas cuantas vueltas por la pista con la niña en brazos. Sin embargo no fue así. La dejó en el suelo, se inclinó ante ella como un auténtico caballero, y tomándola de ambas manos bailó con ella hacia el centro de la pista.

Por alguna extraña razón, ver a Justin así, tan atento con su sobrina, le había provocado un nudo en la garganta y emocionado hasta llenarle los ojos de lágrimas.

Por fin, sacudiendo la cabeza e irguiendo la espalda, Hannah aprovechó aquellos momentos para despedirse de la familia Grainger, y después salir huyendo del hotel y de Justin.

Ahora, tendida en la cama junto a él, otro pensamiento le vino a la cabeza.

—Justin, ¿tienes hijos?

Con un profundo suspiro, Justin se tendió de espaldas y extendió los brazos a ambos lados, como en señal de rendición.

—No, Hannah —dijo, y abrió los ojos para mirarla, con expresión sombría—. Angie, mi ex mujer, decía que quería esperar un poco antes de tener hijos.

Justin calló unos segundos, y sus labios se torcieron en una mueca de profundo desagrado. Con la mirada perdida en el techo, como si estuviera viendo algo que no deseaba recordar, continuó:

–Antes de darme cuenta, se calzó las botas de siete leguas y se largó con otro. Un vendedor de programas informáticos, para más inri.

–Lo siento –dijo ella, en tono compungido, arrepintiéndose de habérselo preguntado–. No tenía que haberte preguntado.

–No –dijo él, moviendo la cabeza a uno y otro lado sobre el colchón.

No sabía cómo, pero la almohada había terminado en el suelo, junto con el resto de la ropa de cama.

La expresión helada de sus ojos se había templado ligeramente.

–No importa, Hannah, puedes preguntar todo lo que se te ocurra.

–¿La...? –Hannah titubeó un instante. No quería arriesgarse a enfadarlo ni decir nada que lo molestara–. ¿La amabas mucho?

Justin logró esbozar una ligera sonrisa.

–Al principio no nos conocíamos muy bien. Digamos que fue un apasionamiento momentáneo. Pero sí, puedo decir que entonces la amaba.

A pesar de que había omitido la palabra «mucho», Hannah tuvo que hacer un esfuerzo para controlar la repentina punzada de celos que sintió en el pecho.

–¿Sigues enamorado de ella? –preguntó.

Eso explicaría su indolente actitud de mujeriego.

–No –le aseguró él, mirándola directamente a los ojos, con voz firme–. ¿Quieres la verdad? –y sin esperar respuesta, continuó–: Me di cuenta de que no estaba realmente enamorado de ella un mes después de la boda.

Hannah frunció el ceño.

–Pero entonces...

Hannah se interrumpió, sin comprender.

Justin se encogió ligeramente de hombros.

–Ella estaba buena, y yo salido.

Hannah no supo cómo responder a tanta franqueza, así que prefirió dejar el asunto un poco de lado.

–¿Has estado enamorado alguna vez?

–No –respondió él, con una sinceridad apabullante–. ¿Y tú?

Hannah sonrió. Ahora le tocaba a ella sincerarse, pensó.

–No –dijo, igual de franca y sincera–. Al igual que tú, durante un tiempo pensé que lo estaba –dijo, con una amarga sonrisa–. Claro que en lugar de un mísero mes, lo creí durante casi todo un año.

–¿Y qué pasó? ¿Lo del no orgasmo?

Al sentir el rubor que le cubría otra vez el cuello y la cara, Hannah se maldijo por no ser capaz de contenerlo. Estaba empezando a cansarse de tanto sonrojo adolescente. Pero su expresión debió de reflejar sus pensamientos, porque él sonrió con gran satisfacción masculina. Y ella no podía reprochárselo, porque gracias a él había superado aquella situación. No una sino muchas veces.

–En parte fue por eso –admitió ella, con un suspiro–. Aunque en realidad no era una parte tan importante.

–¿Qué? –explotó Justin, incorporándose de repente y sentándose en la cama–. ¿Era un idiota, o lo eras tú?

Como tantas otras veces antes, Justin no le dio tiempo para responder.

–¿Cómo que no era tan importante? Si creías estar enamorada, me parece a mí que tenía que ser lo más importante.

–Sí, supongo que tú lo creerías así –dijo ella, en un tono cargado de paciencia, y tristeza–. Justin, en una relación hay cosas más importantes que el sexo, al menos si se quiere que la relación sea duradera.

–Vale, vale –dijo él–. Compatibilidad, gustos similares y todo ese rollo. Pero una buena relación sexual es un componente muy importante, y una excelente relación sexual mucho más.

Sí, desde luego, pensó Hannah, a la vez que sentía una profunda decepción en el alma. Justin Grainger era sin duda un hombre que daba una gran importancia al sexo.

Suspiró una vez más.

–Resultó que no éramos muy compatibles –explicó ella–. Él estaba totalmente dedicado a su trabajo. En cuerpo y alma, las veinticuatro horas del día, y la situación iba empeorando con cada ascenso. Ya nunca tenía tiempo para divertirse, para los amigos, ni para largas y profundas conversaciones.

–Ni para dedicar tiempo y energía a hacerte el amor como es debido –añadió Justin.

Hannah prefirió ignorar el comentario, y continuó.

–Entiéndelo, yo acababa de salir de la universidad y estaba totalmente entregada a la empresa de marketing que había empezado. Pero era capaz de dejar las preocupaciones del trabajo en la oficina cuando echaba el cierre por las noches.

–¿Y él no podía?

–No –dijo, sacudiendo negativamente la cabeza, a la vez que se preguntaba por qué se estaba molestando en explicarle todo aquello cuando era evidente que no volverían a verse una vez que ella regresara a Filadelfia y él a sus caballos en Montana. Sin embargo continuó–: Pero no me rendí. Intenté que funcionara. Incluso aprendí a cocinar, aunque sabía que no me interesaba demasiado.

Justin se echó a reír.

–Nunca he entendido por qué dedicar tanto tiempo y esfuerzo a preparar una comida sofisticada para alguien que se la va a zampar en quince minutos, dejándote además con los platos sucios al final –continuó ella.

Justin no podía parar de reír.

–Lo siento. No me estoy riendo de ti.

Hannah lo miraba furiosa.

–¿Entonces qué es lo que te hace tanta gracia?

–Tu forma tan elegante de expresar lo que sientes sobre el arte culinario –explicó él, tratando de contener las carcajadas–. Si quiero una comida elegante y sofisticada, acompañada de un buen vino y velas en la mesa, voy a un buen restaurante y dejo que un cocinero experimentado me la prepare.

–Lo mismo pienso yo –dijo Hannah, sonriéndole a la vez, sin darse cuenta de que estaban teniendo el mismo tipo de conversación que ella tanto había echado de menos en su anterior relación sentimental.

Quizá fuera porque en ningún momento se le pasó por la cabeza que entre Justin y ella pudiera haber ningún tipo de relación, aparte de la breve y fugaz relación física que estaban teniendo en aquellos momentos.

–¿Qué te parece si nos olvidamos de ese aburrido y lo dejamos en la monótona vida que se merece y seguimos con nuestras cosas? –sugirió él, con una seductora sonrisa.

–¿Que son...? –preguntó ella, repentinamente consciente de que estaban sentados en la cama, desnudos, y muy cerca.

Un estremecimiento la recorrió de arriba abajo.

–La cocina primero –dijo él, sin perder la sonrisa–. Después la ducha. Y creo que es hora de meter las sábanas en la lavadora.

–Está bien. Yo haré la cama.

Aunque estaba de acuerdo con él, las palabras de Justin la decepcionaron íntimamente. Ella hubiera preferido otro tipo de cosas.

–De acuerdo.

Levantándose de la cama de un salto, Justin se puso los pantalones arrugados y el mismo suéter que había llevado el día anterior.

Acto seguido, Hannah se levantó y se puso el albornoz que había utilizado antes. Mientras se

109

ataba el cinturón, admiró el cuerpo masculino que se movía ágilmente por la habitación recogiendo prendas de ropa.

Justin Grainger era un magnífico ejemplar de hombre, de espaldas anchas y musculosas, cintura esbelta, nalgas duras y firmes, y piernas largas y ágiles. Hannah suspiró. Maldita sea, si hasta le gustaban sus pies.

«Ridícula», se dijo. ¿A quién se le ocurrirría pensar que los pies de un hombre eran bonitos?

A ella, se dijo, y la sola idea le resultó realmente aterradora. Saliendo del dormitorio con pasos apresurados, Hannah se dijo que lo que sentía era únicamente atracción física. Una fuerte atracción física, sí; incluso una fortísima atracción física. Pero nada más.

Colaborando como habían hecho el día anterior, entre los dos dejaron la cocina limpia y recogida en menos de veinte minutos.

–¿Sabes qué? –dijo él, mientras ella terminaba de aclarar la bayeta en el fregadero–. Tengo hambre.

Tras escurrir la bayeta y dejarla en su sitio, Hannah se volvió hacia él.

–Acabamos de recoger las cosas del desayuno.

–Sí, lo sé –dijo él–, pero ¿has visto qué hora es?

Hannah echó un vistazo al reloj de pared. Eran las dos menos cuarto de la madrugada. Habían terminado de desayunar sobre las nueve de la noche, y ahora, al ver la hora que era, sintió el vacío en el estómago.

–¿Sabes qué? Que yo también tengo hambre.

Él le dirigió una de sus más radiantes sonrisas.

110

–Bien. Vamos a comer.

En menos de veinte minutos prepararon la comida y se sentaron a comer.

Aunque antes habían recogido la cocina en silencio, como dos viejos amigos, esta vez charlaron de esto y de lo otro, de nada importante, simplemente de cosas.

De la cocina regresaron al dormitorio para recoger la ropa sucia. En cuanto pusieron un pie dentro del habitación, Justin le puso una mano en el brazo, y la detuvo.

–¿Sabes qué? –preguntó él, y continuó sin pausa–: Creo que esa cama nos está llamando a gritos, ¿no te parece? Y sería una lástima no hacerle caso.

Hannah quería decirle que no. Pero sus cuerdas vocales y su lengua se negaron a cooperar, y lo que salió de sus labios fue un sonido apenas audible.

–Sí.

Más tarde, tendida a su lado, saciada y exhausta, Hannah pensaba maravillada en la potencia sexual del hombre que la mantenía firmemente pegada a su cuerpo. Le encantaba sentir su piel cálida contra la suya, su aliento en el pelo, las caricias de sus manos, en la espalda y en el pelo. Suspiró, satisfecha. ¿Sería posible que se hubiera enamorado..?

«Ni se te ocurra pensarlo, Hannah», dijo una vocecita en su interior. Aquello era sólo juego y diversión. Unos cuantos días fuera de lo normal. Podía permitirse unos días de placer físico, y después salir corriendo como si su estabilidad emocional dependiera de ello.

Como empujada por sus propios pensamientos, Hannah se levantó de la cama y se puso la bata.

–Voy a darme una ducha –anunció, saliendo disparada hacia el cuarto de baño.

–Eh, espera –gritó Justin, yendo tras ella.

Pero llegó tarde. Hannah cerró la puerta con cerrojo justo cuando él puso la mano en el pomo.

–Hannah –suplicó él, con una suave sonrisa–. Déjame entrar.

–Ya has entrado –se atrevió a responder ella–. Muchas veces. Y me ha encantado cada minuto –le aseguró, sonriendo–. Ahora quiero darme un baño tranquila y lavarme la cabeza. Te veo dentro de media hora, si tienes suerte.

–¿Media hora? –gritó Justin, desde el otro lado de la puerta–. ¿Qué demonios voy a hacer durante media hora?

–Estoy segura de que se te ocurrirá algo –respondió ella, y abrió los grifos de la bañera a tope para acallar sus protestas.

Al salir de la bañera, Hannah se sentía maravillosamente limpia, y también bastante orgullosa de sí misma, ya que había terminado unos cinco minutos antes de lo que le había prometido a Justin.

Sujetándose la bata con las manos, entró en el dormitorio. La habitación estaba vacía, sin rastro de Justin. Para su sorpresa, no había ni una sola prenda en el suelo, y la cama estaba hecha con sábanas limpias.

Aquel hombre continuaba sorprendiéndola.

¿Quién hubiera imaginado que el gran mujeriego fuera un señor tan doméstico?

Aprovechando el momento de intimidad, Hannah buscó ropa limpia en la maleta. Después de vestirse, se puso las zapatillas y enchufó el secador para secarse el pelo. Al poco rato, Justin entró en el dormitorio.

–Las sábanas están en la lavadora, que terminará dentro de unos quince minutos –dijo, y se acercó a la cómoda para sacar ropa limpia–. Como te habrás dado cuenta, he hecho la cama.

–¿Y ahora quieres un aplauso?

Él sonrió.

–No, con un beso me basta.

–Me parece que no –dijo ella, negando con la cabeza.

Justin arqueó de nuevo la ceja.

–¿No te fías de mí?

–Ni un pelo –dijo ella, haciendo un esfuerzo para no reír al ver la expresión de su cara–. Tú ve a ducharte mientras yo termino de secarme el pelo.

–Eres una mujer muy dura, dulce Hannah, ¿lo sabías? –dijo él, con un fuerte suspiro, antes de meterse en el cuarto de baño.

Hannah no había imaginado ni en un millón de años que pudiera divertirse tanto con un hombre.

Riendo, decidió en ese momento quedarse unos días más, quizá hasta el fin de semana, y disfrutar de la compañía de Justin. A su lado se sentía feliz y relajada. ¿Por qué no disfrutar de su compañía, de las risas y el sexo, sólo por unos pocos días?

Después de todo, unos días después ella volvería a su vida en Filadelfia, y Justin regresaría de nuevo a su rancho en Montana.

Seguramente no volverían a verse.

La idea le resultaba de lo más deprimente.

Capítulo Ocho

Hannah estaba de regreso en su apartamento en Filadelfia. Era domingo. Había llegado al aeropuerto el viernes anterior, y llevaba una semana y un día de vuelta en casa.

Y aún no sabía absolutamente nada de Justin.

¿Y qué esperaba?, se preguntó, tratando de concentrarse en limpiar el polvo del salón. Habían pasado cinco días juntos. Cinco días maravillosos que la habían dejado tan relajada, satisfecha y feliz que su ayudante lo notó en el momento en que la vio entrar por la puerta de la oficina el lunes por la mañana.

—Tienes un aspecto resplandeciente —había exclamado Jocelyn nada más verla—. ¿Has estado en Dakota del Sur o relajándote en un balneario de cinco estrellas?

Hannah no pudo reprimir una carcajada. La verdad era que se sentía fantásticamente.

—De balneario nada. Te prometo que he estado todo el tiempo en Dakota del Sur.

Su ayudante la miró con ojos curiosos.

—Pues algo te ha puesto un brillo especial en los ojos. ¿Un hombre?

Hannah supo que el suspiro que exhaló y la

sonrisa de satisfacción en sus labios la delataban. Incluso se ruborizó.

—Es eso —exclamó Jocelyn—. ¿Era guapo? ¿Era romántico? ¿Era fantástico en la cama?

—Jocelyn, por favor —dijo Hannah, sintiendo que le ardían las mejillas—. Ya sabes que no voy a responder a esas preguntas tan personales.

—Claro que no —sonrió Jocelyn—, pero no necesito que me hagas un croquis. Tu expresión lo dice todo.

Hannah parpadeó, perpleja.

—¿Tanto se me nota?

—Sí, jefa. Lo siento, pero se te nota a la legua. Es evidente que te ha sentado muy bien. Necesitabas un descanso.

Eso fue el lunes. Ahora era el domingo siguiente y Hannah ya no se sonrojaba divertida, ni resplandecía de felicidad. Ahora estaba sufriendo por dentro, y temía que su dolor pronto se reflejara en su rostro.

Sin embargo, desde el principio había sabido que su relación con Justin no podía durar. ¿Qué era lo que había esperado en lo más hondo de su ser, que Justin tomara el primer avión a Filadelfia y la siguiera?

No, eso no, ni siquiera remotamente.

Pero una llamada para saber si había llegado bien hubiera sido un detalle de agradecer, una atención que sí había esperado de él. ¿De verdad era eso lo que esperaba de él?, se reprendió para sus adentros.

¿Porque la ayudó a preparar un par de comidas, a recoger unas prendas que pasaron horas tiradas en el suelo de la habitación, a hacer la cama? ¿Porque la última vez que hicieron el amor flotaba en el aire una sensación de desesperación que le pareció mutua? ¿Porque el beso de despedida había sido intenso y prolongado, como si él no pudiera soportar la idea de apartarse de ella?

Ella sabía que no. O al menos tenía que haberlo sabido. Habían pasado unos días jugando juntos, como niños, pero nada más. Bueno, no exactamente como niños.

Hannah se estremeció al recordarlos. Había sido divertido jugar con él. Mucho más que divertido, había sido maravilloso. Había significado el despertar de sus sentidos y de su sensualidad.

Los ojos se le cubrieron de lágrimas. ¿Por qué demonios tenía que haber cometido la torpeza y la estupidez de enamorarse de él? Porque ésa era la verdad: se había enamorado de él, se había enamorado de un mujeriego incapaz de establecer relaciones duraderas con una mujer.

«No es justo, Hannah», se dijo a sí misma, secándose los ojos con las puntas de los dedos.

Justin no le había hecho ninguna promesa. Al contrario, fue totalmente sincero con ella desde el primer momento, y lo único que le ofreció fueron juegos y diversión. Ella había iniciado el romance con los ojos muy abiertos. Y era la única responsable del dolor y la sensación de vacío que sentía continuamente en su interior.

«La vida continúa», se aseguró a sí misma, y ella también tenía que seguir adelante. No tenía otra alternativa. Tenía amigos, una carrera profesional boyante, una empresa con mucho futuro, y un salón que limpiar.

Justin estaba nervioso, paseando por su casa de Montana, inquieto e irritado. Karla era testigo de ello y de los continuos y repentinos cambios de humor del jefe de su marido. La mujer estaba empezando a mirarlo con preocupación, y no sabía qué hacer.

Era por el tiempo, se había dicho Justin, mirando por la ventana al casi medio metro de nieve que cubría el suelo del rancho. Se sentía atrapado, por eso estaba inquieto.

Se apartó de la ventana. Justin sabía perfectamente que lo que le pasaba no tenía nada que ver con el viento, el frío, o la nieve. Se había criado en Wyoming, uno de los estados más fríos del país, y llevaba casi diez años viviendo en Montana, desde que se licenció en la universidad, que tenía un clima muy similar. A él nunca lo habían preocupado la nieve ni el hielo, ni el invierno ni el verano a no ser por el efecto que pudieran tener en los caballos.

Pero sabía perfectamente que los animales estaban en los establos, con agua, comida, y calefacción, y bajo los cuidados de Ben y el resto de los mozos del rancho.

–¿Quieres que te prepare algo, Justin? –preguntó Karla, cuando éste entró por enésima vez en la cocina, sin rumbo fijo.

Sin saber muy bien qué era lo que estaba haciendo allí, Justin dijo lo primero que le vino a la cabeza.

–¿Queda café en la cafetera?

Era una pregunta tonta, y lo sabía. Siempre había café en la cafetera, aunque no estuviera recién hecho.

–Sí –dijo Karla, abriendo un armario de donde sacó una taza–. Acabo de prepararlo. Siéntate, te lo serviré.

Incapaz de discutir con la mujer que preparaba algunas de las mejores comidas que había probado en su vida, Justin se sentó a la mesa, sacando un cartón de leche al pasar junto al frigorífico.

El café era exactamente como le gustaba, fuerte, caliente y recién hecho.

–¿Quieres algo de comer? –preguntó Karla, llevando su taza a la mesa–. ¿Unas galletas, un trozo de tarta?

Desde que Ben llevó a Karla a vivir al rancho como su esposa, siempre había galletas en la despensa y tarta en la nevera. La tarta de manzana era deliciosa.

Justin echó un vistazo al reloj de pared. Aún faltaban unas horas para la hora de cenar.

–Un par de galletas me sentarán bien. ¿Tienes de esas integrales, con pasas y nueces?

Karla se echó a reír y fue a la despensa.

–Como son tus galletas favoritas y las de mi marido, siempre tengo a mano. Las hice ayer.

Mientras Karla estaba dentro de la despensa, Ben entró en la cocina. Venía del despacho donde había estado comprobando algunos datos en el ordenador. De hecho, Ben se ocupaba prácticamente de todos los asuntos del rancho, ahora que Justin parecía estar con la cabeza en otro sitio.

–¿Dónde está mi novia? –preguntó el capataz, yendo directamente al armario para servirse una taza de café.

–Acaba de largarse con el lechero –dijo Justin, bebiendo un trago de café.

–Muy gracioso –dijo Ben–, pero te recuerdo que no tenemos lechero.

Justin movió una mano en el aire, restándole importancia.

–Un detalle mínimo.

–¿Llamaba, Su Señoría? –dijo Karla, saliendo de la despensa, y dirigiendo una sonrisa a su marido–. ¿Desea algo de mí?

Ben le dedicó una amplia sonrisa.

–Sí, pero éste no es el momento ni el lugar. El jefe estaba mirando. Me conformo con una de esas galletas que llevas ahí.

El cariñoso intercambio entre la pareja provocó una sensación de vacío en Justin. Diciéndose que no tenía nada que ver con Hannah Deturk ni con el recuerdo de los días que habían compartido, intentó llenar el vacío con galletas.

Pero no funcionó.

A lo largo de los días aparentemente interminables que siguieron, nada funcionó. Ni siquiera él, que había dejado la mayoría de las responsabilidades del rancho en manos de Ben y se pasaba el día dando vueltas por la casa como un león hambriento.

Hambriento era la palabra clave, y no tenía nada que ver con su estómago.

¿Cuántas veces se había acercado al teléfono para hacer una llamada a Filadelfia? No las recordaba, pero lo que sabía con certeza era que en ninguna de ellas había descolgado el teléfono.

¿Qué podía decirle? «¿Te echo de menos y me excito sólo de pensar en ti?» Sabía que con eso podría seducir a casi cualquier mujer, pero no a Hannah. Hannah no era una mujer cualquiera. Claro que no. Hannah tenía en su propia personalidad, un hecho que le había dejado muy claro desde el primer momento.

Sí, era cierto que había accedido a pasar unos días de placer con él. Y el placer había sido mutuo, de eso no le cabía la menor duda. Para un hombre que no había estado con una mujer una noche completa desde el fin de su matrimonio, el placer había sido un éxtasis intenso y sobrecogedor. En cuanto a ella, Justin estaba convencido de que ni siquiera la mejor actriz hubiera podido fingir la intensidad de su pasión.

Sin embargo, ni el deseo compartido ni la compatibilidad fuera de la cama habían evitado que ella se fuera tal y como tenía pensado.

Sin decirlo en voz alta, le había dejado muy claro una y otra vez que tenía una vida en Filadelfia y que no pensaba renunciar a ella. En ningún momento pensó en quedarse con él. A pesar de sus súplicas para que se quedara un poco más y el mensaje inconfundible que le transmitió con el último beso, ella le dijo adiós, se sentó tras el volante del todoterreno alquilado y se alejó sin volver la vista atrás.

Ajeno al suspiro que escapó de sus labios, Justin

continuó mirando por la ventana. La tormenta de nieve había remitido, pero las temperaturas no habían superado los cinco grados bajo cero y la nieve seguía cubriendo los campos y los caminos, mientras el viento continuaba soplando sin cesar.

«Maldita sea», pensó. Nunca lo había molestado la nieve. ¿Qué demonios le pasaba?

–¿Por qué no te tomas unas vacaciones? –dijo a su espalda la voz de Ben, interrumpiendo el hilo de sus pensamientos–. Ve a algún lugar donde brille el sol y la temperatura no baje de los veinticinco grados. Búscate una mujer. Me estás poniendo nervioso, y Karla empieza a estar preocupada por ti.

–¿Que te estoy poniendo nervioso y Karla se preocupa por mí? –respondió Justin, tratando de controlar el tono de su voz para no soltarle un bufido–. Creo que sois vosotros los que necesitan unas vacaciones.

–Nosotros no –negó Ben–. Karla y yo somos felices aquí, con o sin sol.

Justin levantó una ceja.

–¿Y crees que yo no lo soy?

–Oh, por favor, Justin. Te conozco desde hace mucho tiempo –dijo Ben, sacudiendo la cabeza–. Nunca te he visto así, dando vueltas por la casa como un león enjaulado, mirando por la ventana sin ver nada, suspirando cada dos minutos. No estuviste así ni siquiera cuando Angie se largó con aquel cerdo.

–¿Yo suspiro cada dos minutos? –repitió Justin, tratando de adoptar un tono divertido, a la vez que sentía una punzada de alarma en el pecho e ignoraba la referencia a su ex mujer, porque eso no era importante. La extraña sensación que lo embargaba sí que lo era–. Lo pensaré –dijo, dando por terminada la conversación y volviéndose otra vez a mirar por la ventana.

–Está bien, entiendo la indirecta –dijo Ben, con una risita de resignación–. Me meteré en mis asuntos.

–Te lo agradezco.

Justin apenas escuchó la suave risita de Ben al salir del salón. Continuó mirando por la ventana, sin ver la escena invernal que se extendía en el exterior. Una imagen se había formado en su mente, una imagen que Hannah le había sugerido con su descripción de Pensilvania. La imagen que ella le había dado era la de un paisaje muy diferente al de Montana, un paisaje de praderas y colinas redondeadas, verde y exuberante, bañado por los primaverales rayos del sol.

Parpadeando, frunció el ceño, y después se dirigió a su dormitorio. Fue a su mesa, abrió el ordenador portátil y entró en Internet. Tenía que buscar cierta información.

Varias horas después, Justin cerró el ordenador y descolgó el teléfono para llamar a la compañía que se ocupaba de pilotar el helicóptero del rancho. Tras pedir al piloto que lo recogiera en el helipuerto a poca distancia de la casa, sacó una bolsa del armario y metió ropa para un par de días.

Después de la tremenda monotonía en la que se había hundido tras su regreso de Deadwood, se sintió revitalizado de nuevo ante la perspectiva que se abría ante él.

Antes de salir de su dormitorio con pasos apresurados, Justin hizo otra llamada. Tenía lo que pensaba que podía ser una idea interesante y potencialmente rentable, y necesitaba contársela a su hermano Adam.

Con las pilas recargadas, Justin dio una breve explicación a Ben mientras éste lo llevaba al helipuerto. El helicóptero ya estaba allí, sesgando el aire con las hélices.

–No te preocupes –le aseguró Ben–. Yo me ocuparé de los caballos.

–Sé que lo harás –dijo Justin, y con un ademán de despedida se dirigió hacia el helicóptero.

–A propósito –gritó Ben por encima del rugir de los motores–. Parece que vuelves a ser el mismo de siempre.

Hacia el final de la segunda semana de febrero, Hannah tuvo que enfrentarse a las sospechas que la habían torturado durante casi una semana, sospechas inducidas por la vaga sensación de náuseas que tenía por las mañanas y el ligero dolor en el pecho. Necesitaba pruebas, no sólo los síntomas, y por eso al volver a casa desde la oficina pasó por una farmacia.

La tira de la prueba de embarazo que había comprado indicaba positivo. Aunque Hannah sabía que no era la confirmación definitiva, era evidente que tenía que hacer un visita a su ginecólogo.

¿Cómo pudo suceder? Ni siquiera en los momentos más apasionados e improvisados de su relación con Justin éste se olvidó de utilizar protección.

Claro que nadie podía asegurar la infalibilidad de los preservativos, se dijo, mientras estudiaba el interior del congelador e intentaba decidir qué iba a cenar.

Después de calentar la comida preparada y congelada en el microondas, Hannah se sentó a la mesa y consideró las opciones que tenía ante ella, en caso de que el médico confirmara el embarazo.

Dejando el plato a un lado, Hannah apoyó el tenedor en el plato y rodeó con las dos manos la taza de té verde que se había preparado para acompañar la cena, en lugar de su café habitual.

Café. Suspiró. Le encantaba el café, sobre todo por la mañana, varias tazas a lo largo de la mañana, café normal, fuerte, no descafeinado.

Hannah sabía que tendría que dejar de tomar su bebida favorita si decidía.

Oh, no. Hannah bebió otro sorbo de té. No estaba tan horrible. No era café, pero como sustituto no estaba mal.

A menos que se decidiera por otra alternativa, claro. La sola idea le provocó náuseas en el estómago. Bebió el té con la esperanza de mitigar la sensación.

Sabía que sería incapaz de hacerlo. Aunque apoyaba el derecho de la mujer a elegir, Hannah sabía que ella sólo tenía una opción. Si el doctor confirmaba el embarazo, ella tendría a su hijo.

Un hijo. Imágenes de suaves mantas de algodón, de botitas de tela y bolsas de pañales pasaron por su mente. Una fuerte necesidad de protección la embargó por unos momentos y se cubrió el vientre liso con la mano.

Su hijo.

El hijo de Justin.

La idea era emocionante y a la vez aterradora. ¿Cómo se lo diría?

Justin había sido totalmente sincero con ella desde el principio. No quería nada más que un romance, una breve relación física. Su fugaz relación había sido la experiencia más maravillosa que Hannah había conocido. Aunque por supuesto, ella no había considerado la posibilidad de enamorarse de él.

A medida que pasaron los días que compartieron, Hannah había aprendido mucho de él. Aunque a veces tenía la sensación de que apenas lo conocía.

Como amante, no podía imaginar nadie como él. Había momentos en que su voz era tan tierna, sus caricias tan suaves que le entraban ganas de llorar, a la vez que encendía todas las células de su cuerpo. Y había otras veces en las que su voz era grave y entrecortada, sus caricias urgentes, su forma de hacerle el amor fiero y exigente.

Y Hannah había disfrutado de cada minuto de ambas formas.

También hubo momentos en los que únicamente hablaron, a veces en broma, a veces en serio.

Hannah había aprendido que Justin era honesto hasta la médula. Cuando le contaba cosas sobre sí mismo, iba directamente al grano. Lo cual no era una mala cualidad. Sabía que una mujer había traicionado su confianza y que no tenía intención de volver a tropezar en la misma piedra.

También sabía que le encantaba los niños porque le había confesado que adoraba a su sobrina, Becky, pero Justin no mencionó en ningún momento el deseo de tener hijos propios, aparte de contarle que su ex mujer había querido esperar antes de tenerlos.

Si el médico confirmaba el embarazo, Hannah no sabía si debía informarlo o no. Después de todo, se dijo, si él hubiera tenido interés en tener hijos, no habría sido tan escrupuloso con los preservativos.

Para lo que había servido.

Sin embargo, ella era consciente de que Justin tenía derecho a saber que iba a tener un hijo. Y era su deber, como persona, hacérselo saber.

Lo que no sabía era cómo.

Capítulo Nueve

El día de San Valentín. El día de los enamorados. Hannah no sólo no salió del trabajo antes aquel día, sino que se quedó a trabajar mucho más tarde que de costumbre. Incluso se saltó la comida. Cansada, sin apenas hambre, y ni siquiera pensando en pasar a comer algo por ninguno de los restaurantes que a veces frecuentaba después del trabajo y que imaginó llenos de parejas de enamorados, fue directamente a casa.

El corazón le dio mil vuelcos cuando salió del ascensor del edificio y se encontró a Justin apoyado indolentemente en la puerta de su apartamento. En el suelo, junto a sus tobillos cruzados, había una bolsa de viaje.

La bolsa y verlo allí de pie en su puerta abrió un rayo de esperanza en ella, y por un segundo imaginó que Justin había ido a Filadelfia porque se había dado cuenta de que estaban hechos el uno para el otro.

Recuperando la cordura, y alejando tontas ilusiones de su mente, Hannah se obligó a actuar con indiferencia, al menos hasta oír de sus labios las palabras que tan desesperadamente necesitaba escuchar. Qué fácil sería ahora hablarle de su posible embarazo.

Justin tenía un aspecto magnífico, alto y fuerte, ágil como el jinete que era. Con el sombrero texano, la cazadora de lana gruesa, los vaqueros y las botas de piel, estaba exactamente igual que la primera vez que lo vio.

–Hola –dijo él.

El tono grave e íntimo de su voz casi la dejó sin respiración. Hannah tuvo que repetirse una vez más que actuara con cautela e indiferencia.

–Hola –respondió ella, sin poder creer la estabilidad de su tono de voz, su capacidad para hablar, a pesar de que tenía la garganta completamente seca–. ¿Qué estás haciendo aquí? –preguntó, con la llave en la mano, tratando de meterla en la cerradura, lo que no era fácil, teniendo en cuenta cómo le temblaban los dedos.

–He venido a verte. ¿Vas a invitarme a pasar?

–Sí, claro, pasa –dijo ella, entrando en el interior del apartamento–. No me refería a qué hacías aquí, en mi apartamento –continuó ella, sin saber si sus palabras eran fruto de su deseo de saber o simplemente del ataque de nervios que se estaba apoderando de ella–. Me refería a qué estás haciendo aquí, en Filadelfia.

–Bueno –dijo él, sonriendo a la vez que se quitaba el sombrero y la cazadora–, quería verte. Aunque ésa no es la única razón que me ha traído a esta parte del país.

La alegría inicial que sus palabras despertaron en ella pronto se apagó. A pesar de todo, Hannah mantuvo la compostura, y tomando la cazadora y el sombrero que él se acababa de quitar, los colgó en el armario del vestíbulo. La bolsa la dejó detrás de la silla del recibidor.

–Ya –dijo ella, tratando de hablar con indiferencia, aunque sin conseguirlo–. Bueno, me alegro de que hayas pasado por aquí –dijo, con una débil sonrisa para ocultar la punzada de dolor que sintió en el corazón–. Dime, ¿para qué has venido al este?

–Te lo diré después de cenar... –dijo Justin, pero se interrumpió, titubeante–. Aún no has cenado, ¿verdad?

–No –respondió Hannah, negando con la cabeza–. He terminado de trabajar bastante tarde y no me apetecía meterme en ningún restaurante.

–¿Sueles cenar fuera de casa? –preguntó él.

Hannah tenía ganas de gritar. ¿Es que no sabía que era el día de San Valentín? ¿Y qué más le daba a él, si ella solía cenar en casa o en restaurantes? Después de todo, sólo había ido a verla porque lo pillaba de paso.

–Alguna vez –respondió ella, conteniendo una maldición y un suspiro. Con un gesto le indicó que se sentara–. ¿Te apetece tomar algo? –preguntó ella, demasiado educada, convencida de que si le pedía un café echaría hasta la primera papilla.

–No, gracias –dijo él, sentándose en el sofá–. Esperaré a la cena.

¿En serio esperaba que cocinara para él? Pues iba a tener que esperar sentado, porque ella no pensaba preparar ni una tostada.

–Supongo que eres consciente de que hoy será imposible conseguir mesa en ningún restaurante decente, al menos sin esperar un buen rato –dijo ella, dejando perfectamente claro que no tenía la intención de invitarlo a cenar.

–No necesito un restaurante –dijo él, con una sonrisa con la que él le dejó también muy claro que había entendido perfectamente la indirecta–. He encargado que nos traigan la cena aquí.

«Qué atrevimiento», pensó ella. Pero ¿por qué no la sorprendía? Todo en él irradiaba osadía, desfachatez y... y... y pura sensualidad masculina.

«Dejar de pensar en eso ahora, idiota», se ordenó Hannah para sus adentros, tratando de continuar con la conversación con actitud indiferente.

–¿Cómo sabías que estaría en Filadelfia?

–No lo sabía –reconoció él, encogiéndose de hombros, y se echó a reír con la misma risa grave, emocionante y excitante que ella tan bien conocía–. Pero he querido arriesgarme. Te lo contaré mientras cenamos.

–Pero...

Hannah iba a preguntarle cómo había logrado que el guardia de seguridad del edificio lo dejara pasar, pero en ese momento sonó el timbre del interfono, el mismo que tenía que haber anunciado su llegada.

–Ahí está nuestra cena –dijo Justin, yendo a responder a la llamada–. Yo me ocupo. Tú pon la mesa.

«Tú pon la mesa», gruñó Hannah para sus adentros, girando para obedecer sus órdenes. Obedecer sus órdenes. ¿Quién demonios se creía que era?

Hannah no tardó en preparar la mesa. Sólo faltaban los vasos, ya que no sabía qué había de cena, ni si él prefería tomar vino, que ella por supuesto

131

no podía beber. Sacó dos vasos de agua del armario y los dejó en la mesa. Fue a la nevera a buscar agua y entonces oyó a Justin abrir la puerta y hablar con alguien. Un conocido y apetitoso olor a pizza invadió el apartamento.

En lugar de sentir náuseas, Hannah sintió que se le hacía la boca agua y el estómago le rugía de hambre.

Con una enorme caja de pizza en una mano y una bolsa de papel blanco en la otra, Justin entró en la cocina, con una sonrisa mucho más apetecible que el olor de la comida.

–La cena está servida, señora –dijo, dejando la pizza en la mesa–. Esto es el postre –añadió, sujetando la bolsa de papel blanco en el aire.

–¿Qué quieres beber con eso? –preguntó ella.

–¿Cerveza? –preguntó él.

–Sí –dijo ella, yendo de nuevo a la nevera.

–Cerveza con la pizza, y café con el postre.

Hannah sintió que se le revolvía el estómago. La sola mención del café le daba náuseas. Sacó una lata de cerveza de la nevera y la dejó junto al vaso en la mesa.

–No necesito vaso –dijo él, abriendo la lata y sentándose frente a ella–. Siéntate y sirve la pizza.

Empezando a ponerse furiosa ante las continuas órdenes de Justin, Hannah le dirigió una mirada fulminante.

–Podrías haberla servido tú mientras yo te sacaba la cerveza de la nevera.

–No, no podía –aseguró él, indicando la caja de pizza con la cabeza–. Se abre por tu lado. Y por si acaso no te has dado cuenta, la tapa estaba cerrada con celo.

Hannah no sabía si reír o tirarle el vaso de agua a la cara. Pero no hizo ninguna de las dos cosas. Acercándose la caja de pizza, rompió la cinta de papel y levantó la tapa.

Lo primero que notó fue el delicioso aroma, que casi le arrancó un gruñido de hambre. Después otras dos cosas llamaron su atención. La masa de la pizza tenía forma de corazón, y encima estaban escritas las palabras *Dulce Hannah* con trozos de salami.

Hannah soltó una carcajada. Era el regalo de San Valentín más maravilloso y extraño que había recibido en su vida.

–¿De dónde has sacado esto? –preguntó ella.

–De la pizzería que hay un par de manzanas más abajo. Le expliqué al tipo cómo la quería y resulta que es el dueño del local. Cuando se lo he dicho se ha dado un golpe en la frente y ha dicho, textualmente: «¿Por qué no se me habrá ocurrido antes? Me habría forrado». Le he dicho que guarde la idea para el año que viene –sonrió–. ¿Vas a servir la pizza o no?

Hannah puso una cara triste.

–¿Tengo que hacerlo?

–Sólo si quieres comer, y no quieres verme muerto de hambre en tu cocina.

–Bueno, en ese caso, supongo que será mejor que lo haga –dijo riendo débilmente.

Hannah se hizo con una porción y se la puso en el plato.

–¿Puedo preguntarte cómo se te ha ocurrido la idea? –preguntó.

–Sí –asintió él–. Cuando me he dado cuenta de

que no me apetecía nada ponerme a hacer la cola en un restaurante, en una pastelería o en una floristería –le explicó él. Bebió un trago de cerveza–. Y no me apetecía porque llevo todo el día conduciendo –continuó, y dio un mordisco a la pizza.

–¿Por qué has estado conduciendo todo el día, y dónde? –preguntó ella, extrañaba.

Antes de responder a las preguntas, Justin terminó su porción y levantó su plato, pidiendo otra. Necesitaba unos momentos para pensar bien las palabras que le iba a decir.

–La verdad es que llevó dos días conduciendo por la zona. Anteayer llegué en avión a Baltimore –continuó él, sin poder dejar de advertir la tensión que se marcaba en los hombros femeninos–. Alquilé un coche, reservé una habitación en un hotel y fui a la cita que tenía con un agente inmobiliario.

Hannah frunció el ceño.

–¿Aquí? ¿En Baltimore?

–Sí. Verás, es para Adam. Estamos pensando en invertir en un rancho de caballos aquí en el este, para criar caballos de carreras. El agente encontró ranchos a la venta en varios estados y me concertó algunas visitas.

–¿Qué estados? ¿Y por qué aquí, en el este? –preguntó ella, frunciendo el ceño.

–Maggie me dijo que aquí hay muchos ranchos de caballos –dijo él, respondiendo primero a la segunda pregunta.

–Sí, Maggie tiene que saberlo –dijo Hannah–. Nació en el condado de Berks.

–Sí, eso me dijo. Ella sugirió Virginia, Mary-

land y Pensilvania –dijo él, sirviéndose una tercera porción de pizza antes de continuar–. Em-
pecé por Virginia, donde había dos posibilidades.
Desde allí fui en coche a Maryland donde había
otras tres. Anoche me alojé en un motel en Pensilvania y esta mañana he ido a ver un rancho en
el condado de Lancaster, dos en el condado de
Bucks, y el último aquí, en el condado de Berks,
en el Valle del Oley.

–Oh, lo conozco –dijo ella–. A mi ayudante le
encantan las antigüedades, y lo he acompañado
varias veces. Una vez fuimos a Oley, y el pueblecito
es encantador.

–Yo no he ido al pueblo, pero el valle es precioso, incluso en invierno. Y el rancho que he visto
tiene muchas posibilidades –dijo él, arqueando
una ceja.

Al mirarla, no pudo evitar reparar en la ligera y
soñadora sonrisa que curvaba los labios femeninos.

–Estoy listo para mi café –dijo después.

–Claro, casi lo olvidaba –dijo ella, poniéndose
en pie–. ¿Qué hay de postre? –preguntó, yendo hacia la cafetera automática que había en la enci-
mera.

–Ya lo verás.

Extrañado, Justin vio cómo Hannah preparaba
también una tetera con dos bolsas de té.

–¿No vas a tomar café? –preguntó, sin intentar
ocultar la sorpresa en su voz.

Sabía perfectamente que Hannah sentía auténtica pasión por el café, además de por otras cosas.
Su cuerpo no fue ajeno a sus recuerdos, y él, al

sentir la reacción, se obligó a desviar sus pensamientos hacia temas más mundanos.

–¿Por qué tomas té?

Hannah se encogió de hombros, con indiferencia.

–Últimamente me gusta el té verde –dijo ella, sin mirarlo, concentrándose en echar agua hirviendo en la tetera–. Supongo que es mejor para la salud.

–Para mí no –dijo él, en tono seco–. A mí dame café y cerveza.

–Bien, aquí tienes tu café –dijo ella, con voz rara, como entrecortada.

Dejó la taza humeante de café en la mesa y fue a la nevera a buscar la leche.

–Gracias –dijo Justin, extrañado ante la forma en que había dejado la taza de café en la mesa, como si temiera que fuera a morderla.

–No lo entiendo –dijo ella, evitando su mirada, mientras se servía el té en la taza–. ¿Para qué quiere Adam comprar otro rancho de caballos, cuando ya tenéis el de Montana?

–En el rancho de Montana criamos y entrenamos caballos principalmente para rodeos. Y como ya te dicho, estamos pensando en criar caballos de carreras.

Hannah bebió un trago de té, hizo una mueca y añadió más azúcar.

–¿Cuántos ranchos más tienes que visitar? ¿En algún otro estado?

–Ni más estados ni más ranchos –dijo él, sacando la lengua–. Este café está ardiendo –añadió, y estiró la mano para tomar el vaso de agua medio lleno de Hannah–. ¿Te importa?

Hannah negó con la cabeza.

—En absoluto.

Justin apuró el vaso de agua fresca de un trago.

—Tengo el vuelo de vuelta desde Baltimore mañana por la noche.

—Oh, ya veo. ¿Vas a volver directamente a Montana, o irás primero a Wyoming a hablar con Adam?

La expresión de Hannah no se alteró en lo más mínimo. Su aspecto era idéntico al de la primera vez que la vio, medianamente interesada, pero fría y en su sitio. Distante.

Justin sintió una dolorosa decepción. Sabía, mejor que nadie, que detrás de aquella máscara distante de fría e indiferente compostura había una chispa esperando a convertirse en una apasionada hoguera.

¡Maldita sea! ¿Por qué se estaba escondiendo de él? Porque eso era lo que estaba haciendo. Lo notó en el mismo momento que ella salió del ascensor y lo vio apoyado en la puerta de su apartamento.

—Primero a Wyoming a informar a Adam, después de vuelta a Montana —dijo él, haciendo un esfuerzo para controlar la rabia y frustración que se acumulaban en su interior.

—¿Y vas a volver a Baltimore esta noche, o has reservado habitación en algún hotel aquí?

Justin no podía leer su expresión, ya que la taza de té que ella se había llevado a la boca le ocultaba la mitad de la cara. Pero el tono de voz era incluso más distante, más frío. El sonido de su voz alimentó aún más las llamas de su ira. ¿A qué estaba jugando, con aquel aspecto y aquel tono, como si no fueran más que simples conocidos, cuando hacía menos de un mes habían sido apasionados amantes?

Justin se puso en pie y rodeó la mesa, dirigiéndose hacia ella. No podía seguir jugando al gato y al ratón. La había echado terriblemente de menos desde el momento en que ella se alejó conduciendo de Deadwood sin volver la vista atrás.

Había pasado noches enteras dando vueltas en la cama, incluso soñando en abrazarla, acariciarla, besarla. Y ahora no pensaba irse de allí sin volver a saborearla y hacerla suya.

Sujetándola con las manos por los brazos, la puso en pie y atrajo el cuerpo femenino hacia él.

–Justin... ¿qué..? –empezó Hannah, con una voz que ya no era distante y fría, sino sorprendida por su reacción.

–Creo que ya sabes qué –murmuró él, rodeándole el cuerpo con los brazos y bajando la cabeza para unir sus bocas.

Su intención había sido la de un beso agresivo, cargado de fiereza y ardor, pero en el instante en que sus labios hicieron contacto, Justin se calmó, y bebió el sabor y la fragancia de la boca femenina saboreando cada segundo. Era como volver a casa, al lugar que era su hogar.

La sensación, totalmente nueva para él, lo recorrió de la cabeza a los pies. Después del golpe que le había asestado Angie, su ex mujer, jamás pensó en volver a sentir nada ni remotamente parecido por nadie.

Justin estaba a punto de levantar la cabeza, y romper el casi desesperado contacto con la boca femenina, cuando ella le rodeó la nuca con los brazos y le hundió los dedos en el pelo.

Necesitando respirar, Justin alzó la cabeza unos centímetros para mirarla a los ojos.

–No, no voy a volver a Baltimore esta noche ni tampoco he reservado ningún hotel aquí –dijo, con la respiración entrecortada–. Tenía la esperanza de que me dejaras pasar la noche aquí. Contigo. En tu cama.

–Justin, yo... yo...

La mirada de Hannah era cálida, envuelta en una neblina similar a la que cubría sus ojos cuando estaba excitada. Hannah lo deseaba, tanto como él la deseaba a ella. Justin lo sabía. Aliviado, la silenció acariciándole los labios con la boca.

–Hannah –susurró sobre sus labios entreabiertos, en su boca–. Estoy ardiendo por ti. Ven a la cama conmigo.

–Justin...

Él la hizo callar de nuevo, aterrado ante la idea de que lo rechazara una vez más. El dolor que sentía no era sólo por el endurecimiento de su cuerpo, sino también un intenso dolor interno. Contuvo un gemido cuando Hannah echó la cabeza hacia atrás.

–Justin, espera, escucha –suplicó ella, los dedos hundidos en su pelo, colgándose de él como si temiera que la soltara–. No hemos recogido las cosas de la cena, ni hemos tomado el postre.

Justin se echó a reír, porque era una reacción muy típica de ella. Y porque el júbilo que lo embargó necesitaba una vía de escape.

Sonrió y apoyó la frente en la de ella.

–No sería la primera vez, dulce Hannah. Como hemos hecho antes, muchas veces antes, podemos dejarlo para más tarde. O podemos dejar el postre para desayunar.

–¿Postre para desayunar? –repitió ella, fingiendo escandalizarse.

Riendo suavemente, Justin inició una lenta exploración del rostro femenino con los labios.

–Lo que he traído sirve para el desayuno, o para postre del desayuno.

Riendo con él, en una clara señal de rendición, Hannah le acarició el lóbulo de la oreja con la lengua.

–Es la primera vez que oigo hablar del postre del desayuno.

El cuerpo de Justin casi explotó al notar la húmeda caricia en la oreja.

–Hannah –dijo en un gruñido–, más vale que me lleves al dormitorio antes de que pierda el control y te haga el amor aquí mismo.

–No te creo –rió ella, tomándole la mano y llevándolo por el salón hacia el pasillo–. Tú nunca pierdes el control.

–Siempre hay una primera vez, cariño –dijo él, alzando la mano femenina hasta la boca y besándole los dedos–. Y te aseguro que detestaría ponerme en ridículo delante de ti.

Entrando en el dormitorio, Hannah volvió la cabeza para dirigirle una burlona mirada.

–¿O quizá lo que ocurre es que tienes miedo de que si pierdes el control puedo llegar a pensar que tengo un gran poder femenino?

–Oh, dulce Hannah, por eso sí que no tienes

que preocuparte –dijo él, cerrando la puerta tras él y apretándola contra su cuerpo endurecido para hacerle sentir el inequívoco poder que tenía sobre él–. Tienes poder femenino más que de sobra.

Minutos más tarde, con las ropas esparcidas por todo el dormitorio, Hannah estaba tendida y desnuda en el centro de su cama de matrimonio, una cama que las últimas semanas había sentido tan grande, tan fría y tan vacía. También desnudo, Justin estaba de pie junto a la cama, alto, orgulloso y magnífico, sus turbulentos ojos grises mirándola mientras ella lo observaba colocándose la protección.

La imagen seguiría grabada en su mente mucho después de que él desapareciera de su vida. Hannah lo sabía, como sabía que pagaría por ello, pero de momento no podía pensar más que en tenerlo junto a ella, dentro de ella, amándola, aunque sólo fuera una noche más.

Alzó los brazos hacia él a modo de invitación. Él extendió su largo cuerpo junto a ella, y la besó en la boca, a la vez que las manos iniciaban una exquisita tortura en el cuerpo femenino.

Justin no podía esperar, y con un susurro cargado de necesidad deslizó su cuerpo sobre ella, y se colocó entre las piernas que Hannah había separado para él. Ella tampoco podía esperar. Rodeó la cintura masculina con las piernas, y alzó las caderas hacia él.

La posesión de Justin fue rápida y agresiva,

exactamente como ella necesitaba. Ambos llegaron al clímax al unísono. Y aunque Hannah nunca lo hubiera imaginado posible, el orgasmo fue más intenso y más profundo que ninguno de los que había tenido antes con él.

Lo amaba, lo amaba con todas las células de su ser, de la misma manera que amaría a su hijo, al hijo de ambos, después de que él desapareciera de su vida. Porque en ese momento, llorando para sus adentros, Hannah decidió no volver a verlo. Nunca más volvería a ser un pasatiempo para él, una más en la lista de mujeres que «el chico malo» visitaba de vez en cuando, al final de un viaje de negocios.

Abrazada a él, manteniéndolo dentro de su cuerpo, Hannah se sumió en el sueño más profundo que había tenido desde el día que se separó de él en Deadwood.

Capítulo Diez

Hannah se despertó a la hora habitual. Mujer de costumbres, no necesitaba despertador. Seguía estando muy cansada. No había dormido mucho, y le dolía todo el cuerpo, aunque era un dolor agradable. Justin y ella habían hecho el amor dos veces más durante la noche.

Había sido maravilloso. No, había sido más que maravilloso. Había sido como estar en el cielo. Entre periodos breves de sueño y otros largos y apasionados de amor, en ningún momento encontraron un rato para salir del dormitorio y recoger los restos de la cena.

Bostezando, Hannah echó hacia atrás las mantas con que Justin los había cubierto después de la última vez que hicieron el amor, y fue a levantarse. Un largo brazo le rodeó de repente la cintura, y la sujetó con fuerza pegada a su cuerpo.

–Déjame levantarme, Justin –dijo ella, tratando de zafarse de él–. Aún tengo que recoger la cocina, comer algo y prepararme para ir a trabajar.

El brazo masculino se mantuvo firme, y él apoyó la mejilla sobre la cabeza femenina.

–Tómate el día libre –sugirió él en tono bajo–. Quédate conmigo hasta que me vaya a Baltimore.

La idea era muy tentadora. Y Hannah estaba

más tentada que nunca a aceptarla. Pero recordó el juramento que se había hecho la noche anterior, y también que lo único que Justin quería de ella era sexo.

–No puedo –dijo, negando con la cabeza y apartándole el brazo–. Hoy no puedo dejar a mi ayudante sola.

–¿Por qué no? –preguntó él, con una voz adormecida que a punto estuvo de socavar toda su resistencia–. La dejaste sola cuando viniste a Deadwood.

Aprovechando la ligera relajación del brazo de Justin, Hannah se separó de él.

–Lo sé, pero entonces se lo había dejado todo preparado, y le había explicado perfectamente todo lo que tenía que hacer. Ahora hay cosas que necesitan mi atención personal.

Mientras hablaba, recogió su ropa y fue hacia el cuarto de baño.

–Hannah, espera.

Justin saltó de la cama, completamente desnudo, y fue hacia ella.

Hannah logró eludir la mano que fue a sujetarla y se metió en el cuarto de baño, cerrando la puerta con cerrojo desde el interior.

–Puedes ducharte cuando haya terminado –dijo, y abrió los grifos de la ducha al tope para acallar sus protestas y maldiciones.

Después de agotar todas las maldiciones que conocía, Justin permaneció inmóvil al lado de la cama, con los ojos clavados en la puerta cerrada del cuarto de baño. Hannah estaba dejándolo fuera, exactamente lo mismo que había intentado la noche anterior. Frustración, rabia, y una sensación similar al miedo lo quemaban en su interior.

No lo entendía. No entendía la situación, ni tampoco la reacción de Hannah. Tan pronto estaba fría y distante como sensual y hambrienta de él. Durante la noche, Hannah le había demostrado con total desinhibición lo mucho que lo deseaba una y otra vez.

¿Entonces qué había ocurrido entre la última vez que hicieron el amor y esta mañana? Y, maldita sea, habían hecho el amor, no había sido simplemente una relación sexual, aunque ella no quisiera reconocerlo.

Sacudiendo la cabeza, confundido, Justin recogió las prendas que habían quedado esparcidas por toda la habitación. Tenían que hablar, tenían que hablar de su relación, porque le gustara o no, eso era en lo que se estaba convirtiendo, no un romance de unos días, ni un «aquí te pillo aquí te mato», sino una verdadera relación sentimental.

Era algo que lo asustaba muchísimo. Sin embargo, era necesario que hablaran de ello en profundidad, y no le quedaba más remedio que intentar convencerla una vez más de que se tomara el día libre.

Hannah nunca se había duchado y vestido tan deprisa en su vida. Con el pelo aún mojado, lo recogió ligeramente en un moño detrás de la nuca y lo sujetó con unas pocas horquillas. Con un suspiro de tristeza por lo que podía haber sido, caminó con determinación hacia la cocina. Justin estaba de pie junto a la mesa, y con un asentimiento de cabeza, ella le indicó que la ducha era toda suya.

Hannah tuvo la mesa limpia y recogida, la vajilla metida en el lavavajillas, el café haciéndose, él té preparado y los huevos batidos y listos para echarlos a la sartén cuando Justin entró de nuevo en la cocina.

—Esta mañana nos hemos olvidado de darnos los buenos días —dijo él.

De espaldas a él, Hannah sintió cómo la suave voz masculina recorría todas las células de su cuerpo. Apretando los dientes para contener el estremecimiento, le devolvió el saludo.

—Llegas justo a tiempo —dijo, con sereno distanciamiento, echando el huevo batido a la sartén—. Si quieres ayudar, puedes poner la mesa.

Y sin volverse a mirarlo, puso un par de rebanadas de pan en la tostadora.

De repente se sobresaltó cuando él le quitó la espátula de la mano.

—Yo prepararé los huevos —dijo él, su voz y su cuerpo demasiado cerca—. Como no sé dónde está nada, será mejor que tú pongas la mesa.

—Está bien —dijo Hannah, alegrándose de poder escapar de él, aunque sólo fuera hasta el armario que estaba a poco más de medio metro de distancia.

Después de poner dos platos en la mesa, fue a la nevera y sacó el zumo de naranja y la leche.

—¿Quieres mermelada con la tostada?

—¿Tienes crema de cacahuete?

–Sí –dijo ella, sorprendida de que a él también le gustara la crema de cacahuete para la tostada del desayuno.

–¿Natural o con azúcar? La azucarada no me gusta.

–A mí tampoco –dijo ella, sacando el bote de la nevera.

Aparte de algún que otro comentario sobre la comida, comieron en silencio, cada uno enfrascado en sus propios pensamientos. Nerviosa, Hannah lo vio arqueando una ceja cuando ella echó la tercera ojeada al reloj de pared. Pero Justin no hizo ningún comentario hasta terminar él su café y ella su té.

–Creo que deberías tomarte el día libre –dijo Justin, con voz firme.

–Ya te he dicho que no puedo –le espetó ella, con la misma firmeza.

–Tenemos que hablar.

Ahora los ojos de Justin eran fríos como el hielo.

Levantándose, Hannah llevó la taza de té que apenas había tocado a la fregadera.

–No, ahora no. Ahora tengo que irme a trabajar –dijo saliendo de la cocina–, y tú tienes que irte Baltimore.

Abrió la puerta del armario del vestíbulo y sacó el abrigo y el bolso.

–Maldita sea, Hannah –dijo él, casi a punto de gritar–. Escúchame.

Justin estiró el brazo para sujetarla y evitar que saliera por la puerta que acababa de abrir.

Con los nervios y las emociones a flor de piel, la razón gritándole que se fuera antes que sucumbir ante él y acceder a ser una de sus muchas amantes, Hannah eludió su mano y se volvió hacia él.

–No voy a escucharte, Justin –le aseguró, a pesar del dolor que la desgarraba por dentro–. Tengo que darte las gracias por haberme dado tanto placer, pero ahora ya se acabó. Tu sitio está en Montana, y mi sitio está aquí. Al margen de que Adam te mande aquí a trabajar o no, no quiero volver a verte.

–Hannah, no lo dices en serio –exclamó él, en una voz que sonaba sinceramente dolida–. No puedes decirlo en serio.

–Lo digo totalmente en serio –insistió ella, conteniendo las lágrimas y el impulso de pegarle, de pegarle fuerte por haberle hecho tanto daño–. Ahora tengo que irme –dijo, cruzando el umbral de la puerta, y a modo de despedida, añadió–: Te agradecería que cerraras la puerta cuando te vayas.

Y con esa última mirada, cerró la puerta de golpe y se fue.

Justin estaba furioso. Totalmente enfurecido. Y era incapaz de decidir con quién estaba más enfadado, con Hannah por echarlo de su vida, o con él por haberse enamorado de ella, algo que debía haber evitado a toda costa.

Al infierno, se dijo, no la necesitaba. Por supuesto que no. Lo último que necesitaba era una mujer independiente y arrogante en su vida. Qué demonios, el mundo estaba lleno de mujeres cariñosas y dispuestas a divertirse con él, no como ella.

Justin se lo repitió una y otra vez durante todo el viaje de regreso a Montana y también a lo largo de las tres semanas siguientes. Se lo repitió también mientras trabajaba, mientras continuaban las negociaciones para iniciar la explotación del rancho de caballos de Pensilvania en el que habían decidido invertir, pero sobre todo se lo repetía cuando recorría la casa por las noches, incapaz de dormir, pensando en ella, deseándola con todas sus fuerzas.

¿Por qué demonios había sido tan estúpido de enamorarse de ella? ¿Por qué se había permitido enamorarse de una Hannah que no era siempre fría y arrogante, sino cálida y apasionada, una tigresa en sus brazos?

Justin sabía aceptar la derrota. Incrédulo, se dio cuenta de que ni siquiera le importaba que por fin se hubiera enamorado de verdad. Llegó a la conclusión de que tenía que hacer algo, algo más de lo que había planeado hacer en febrero.

Se acercó al teléfono y marcó el número de su hermano Adam.

–¿Qué ocurre? –preguntó Adam.

–Necesitamos una reunión familiar sobre el rancho de caballos en Oley, Pensilvania –dijo él.

–Espera un momento, ya hemos comprado el rancho –dijo Adam–. Y recuerda que fue idea tuya. No me digas ahora que te has echado atrás y quieres que rompamos el trato, cuando ya está todo prácticamente firmado.

–No, no he cambiado de opinión sobre el rancho –le aseguró Justin–. Sólo sobre la persona que debe ir al este a dirigirlo.

–¿Ya no quieres que sea Ben?

–No –dijo Justin–. Sé con toda certeza que Ben no quiere trasladarse, y que Karla tampoco desea irse a vivir tan lejos de su familia.

–¿Entonces en quién has pensado? –preguntó Adam–. ¿En alguno de los hombres del rancho? ¿Tienes algún otro hombre que sea capaz de dirigir un rancho de caballos de carreras?

–Sí, uno –dijo Justin, pensando que la respuesta tenía que ser más que evidente.

–¿Quién? –quiso saber Adam, con impaciencia.

–Tu queridísimo hermano al aparato –dijo Justin, sonriendo al escuchar el suspiro de su hermano.

–Convocaré una reunión familiar –dijo Adam–. Hasta pronto, Justin.

Adam colgó el teléfono y Justin soltó una carcajada. Cruzó los dedos, pensando en el éxito de la nueva aventura que estaba emprendiendo en la Costa Este. No con el rancho; Justin estaba totalmente seguro de que eso estaba totalmente al alcance de sus manos. Qué demonios, sabía que era casi un genio con los caballos. No, el desafío no era ése, sino convencer a Hannah de que él era el hombre de su vida. Su plan tenía que funcionar; lo haría funcionar, fuera como fuera.

Era mediados de marzo. Las temperaturas empezaban a subir, y en lugar de tomar el autobús, como hacía normalmente, Hannah decidió recorrer caminando los aproximadamente tres kilómetros que había entre su oficina y su apartamento. El ejercicio y el aire fresco le vendrían bien.

Sin pensarlo conscientemente, Hannah deslizó una mano protectora sobre el vientre que empezaba a crecer lentamente. Su ginecólogo había confirmado el embarazo, y según sus cálculos saldría de cuentas hacia mediados de octubre. Otra estación, otra vida.

Una oleada de emoción la recorrió al pensar en la diminuta persona que despertaba dentro de su cuerpo. Aún no había notado ningún movimiento, pero sabía que no tardaría en hacerlo.

Hannah se lo había contado a su ayudante Jocelyn al día siguiente de ir al médico. De eso hacía aproximadamente un mes.

–¿Lo sabe el padre? –preguntó su ayudante.

–No –reconoció Hannah, negando con la cabeza–. No creo que lo quiera saber.

–¿No crees que lo quiera saber? –repitió Jocelyn, indignada–. ¿Qué clase de hijo de...?

–Jocelyn –la interrumpió Hannah, que no quería oír un solo comentario negativo sobre Justin–. Sabía lo que estaba haciendo. Lo que hubo entre Justin y yo fue sólo un romance –explicó, esbozando una irónica sonrisa–. Digamos que fue más bien un encuentro de tipo sexual. Él nunca pidió nada más, ni tampoco yo esperaba nada más de él. Éste es mi hijo, y yo lo cuidaré.

–Y yo estaré a tu lado –le aseguró Jocelyn, dándole un abrazo.

Aunque Hannah se sentía totalmente responsable de su embarazo, seguía pensando que tenía la obligación de decírselo a Justin. No para buscar apoyo financiero para el niño, no necesitaba di-

nero, sino porque creía que él tenía todo el derecho a saber que iba a ser padre.

A Justin le encantaban los niños. Y sería un
buen padre, si quisiera serlo. Ése era el dilema que
tenía ella en aquel momento.

Cuando llegó a casa, cansada pero revitalizada
por el paseo, Hannah se quitó los zapatos y fue directamente al teléfono. Tenía que decírselo; si no
lo hacía, no se lo perdonaría nunca.

Después de pedir el número del rancho en información, lo marcó y se obligó a calmarse y respirar con tranquilidad. Lo que era realmente difícil.
Tras un rato, cuando estaba a punto de colgar, una
voz que no conocía descolgó el teléfono.

–Sí, ¿está Justin, por favor? –preguntó ella, un
poco extrañada al no escuchar la voz de Karla al
otro lado del teléfono.

–No, no está –dijo la voz al otro lado–. ¿Quiere
dejar un mensaje?

Hannah rechazó la oferta, y bajó el auricular,
sin saber qué hacer. Conteniendo las lágrimas que
le anegaban los ojos, colgó el teléfono en el mismo
momento en que sonó el timbre de la puerta.

¿El timbre? El timbre de la puerta nunca sonaba
sin que antes la avisara el guardia de seguridad del
vestíbulo.

Hannah titubeó, perpleja ante la extraña situación. El timbre sonó otra vez.

Hannah fuera el salón y miró por la mirilla. Se
quedó totalmente inmóvil.

Justin.

El timbre sonó una vez más, con fuerza, como si
lo tocara alguien impaciente o enfadado.

Respirando hondo para calmarse, Hannah descorrió la cerradura y abrió la puerta. Tuvo que retroceder ante la agresiva entrada de Justin.

–Justin... –tragó saliva para humedecerse la garganta–. ¿Qué haces aquí?

Dejando caer al suelo la misma bolsa que utilizó la vez anterior, Justin se acercó a ella, le enmarcó la cara con las manos y la mantuvo muy quieta.

–Maldita sea, mujer –dijo él, con la voz áspera, enronquecida–. Te quiero, eso es lo que estoy haciendo aquí. No quería quererte. No quería querer a ninguna mujer. Pero te quiero –su voz se suavizó–. Oh, dulce Hannah, te quiero. Quiero casarme contigo. Y si no me dices ahora mismo que tú me quieres también, que quieres casarte conmigo, vivir conmigo, y ser la madre mis hijos, me voy a acurrucar en un rincón y pasarme una semana entera llorando.

–¿Sólo una semana?

Hannah ya estaba riendo y llorando a la vez.

–Vale, dos. Pero preferiría no hacerlo. Hannah, cielo, dímelo. Dime que me quieres antes de que me vuelva completamente loco.

–Te quiero. Te quiero. Te quiero –repitió ella, con lágrimas descendiendo por sus mejillas–. Oh Justin, te quiero tanto que podría morir.

–Ni se te ocurra. Tenemos mucha vida y mucho amor por delante. Y no hay mejor momento que ahora para empezar.

Sujetándola con todas sus fuerzas, como para no dejarla nunca, Justin la besó intensamente.

Una explosión del jubilo la recorrió, y Hannah

153

rodeó el cuello masculino con los brazos y lo besó con todo el amor que había intentado rechazar. Cuando él se separó de ella, dejó escapar un gemido de protesta.

–Volvemos a eso enseguida –murmuró él, acariciándole el labio inferior con la lengua–. Pero primero tengo que pedirte una cosa.

Hannah abrió los ojos.

–¿Qué?

–¿Quieres casarte conmigo?

–Oh –Hannah sintió un escalofrío por toda la columna–. Sí, claro. ¿Tenías alguna duda?

–Oh, cielos –gruñó él–. Tengo la impresión de que me estoy metiendo en un buen lío contigo.

–Sí, es cierto –respondió ella, feliz–. Y yo contigo pero... ¿no crees que será divertido? –dijo, y se echó ligeramente hacia atrás antes de añadir–: He dicho que me casaría contigo, Justin, y lo haré. Pero sólo hay un problema.

Justin arqueó una ceja.

–¿Qué problema?

–Que tú trabajas en un rancho en Montana –dijo ella–, y yo dirijo una empresa en Filadelfia.

El sacudió negativamente la cabeza.

–Eso no es problema.

–Pero... –empezó ella, temiendo que él le pidiera que dejara la empresa por la que tanto había trabajado, y temiendo más aún que ella accediera.

–Cariño, deja que te explique –la interrumpió él–. Cuando estuve aquí hace unas semanas, no sólo vine a verte para pasar un rato agradable contigo al final de un viaje de negocios.

–¿Ah, no? ¿Entonces a qué?

–La idea de comprar un rancho para criar caballos de carreras no fue de Adam, fue mía.

–¿De verdad? –preguntó ella–. ¿Y eso es importante?

–Creo que sí –respondió él con una sonrisa, llevándola al sofá, donde se sentaron–. Hemos comprado el rancho que vi en el Valle de Oley. Firmamos el contrato ayer.

Justin hizo una pausa.

–Continúa –dijo ella, expectante, empezando a sospechar lo que iba a decir.

–Yo me ocuparé de dirigirlo.

–Oh. Oh –exclamó ella, casi temerosa de creerlo–. ¿Vas a trasladarte a vivir aquí?

–Sí.

–Y yo podré seguir teniendo mi empresa,

–Sí, dulce Hannah –dijo él–. Y a mí también, si me quieres.

–¿Que si te quiero? ¿Que si te quiero? – Exclamó ella, metiéndose en sus brazos–. Intenta escaparte y verás.

Sujetándola con fuerza, como con miedo a perderla, Justin apoyó la frente en la de ella.

–Oh, dulce Hannah, te quiero mucho, te quiero muchísimo.

–Oh, Justin. Tengo... tengo que decirte una cosa, algo que es maravilloso. Estoy embarazada.

–¿Estás embarazada? –preguntó Justin, con un destello de felicidad en sus ojos grises, riendo–. ¡Voy a ser padre!

–¿No estás enfadado? –preguntó ella.

–Claro que no estoy enfadado, estoy encantado –le aseguró él–. ¿Lo sabías cuando estuve aquí la última vez?

Ella asintió con la cabeza.

–Sabía lo que pensabas del matrimonio –dijo ella, para defenderse–. Tuve miedo a decírtelo, miedo a que no te importara, miedo a que pensaras que lo único que quería era atraparte.

–¿De que no me importara? –repitió él, estupefacto.

–Al final me decidí a llamarte y contártelo, pero no estabas.

–Nadie me dijo que me habías llamado –dijo él–. ¿Cuándo llamaste?

Hannah se humedeció los labios y bajó la mirada.

–Un par de minutos antes de que llamaras a la puerta.

–Un par de... –Justin se interrumpió, sacudiendo la cabeza–. ¿Sabes, cariño?, no sé si besarte o zarandearte hasta dejarte sin sentido.

–Mejor bésame –le aconsejó ella–. En mi estado no puedes zarandearme.

–Está bien –dijo él, y bajando la cabeza tomó posesión de sus labios, y de su corazón.

NORA ROBERTS

**La Reina del Romance.
Disfruta con esta autora de
bestsellers del *New York Times*.**

Busca en tu punto de venta
los siguientes títulos, en los que
encontrarás toda la magia del romance:

Las Estrellas de Mitra: Volumen 1

Las Estrellas de Mitra: Volumen 2

Peligros

Misterios

La magia de la música

Amor de diseño

Mesa para dos

Imágenes de amor

Pasiones de verano

¡Por primera vez
disponibles
en español!

Cada libro contiene dos historias
escritas por Nora Roberts.
¡Un nuevo libro cada mes!

Acepte 2 de nuestras mejores novelas de amor GRATIS

¡Y reciba un regalo sorpresa!

Oferta especial de tiempo limitado

Rellene el cupón y envíelo a

Harlequin Reader Service®
3010 Walden Ave.
P.O. Box 1867
Buffalo, N.Y. 14240-1867

¡Si! Por favor, envíenme 2 novelas de amor de Harlequin (1 Bianca® y 1 Deseo®) gratis, más el regalo sorpresa. Luego remítanme 4 novelas nuevas todos los meses, las cuales recibiré mucho antes de que aparezcan en librerías, y factúrenme al bajo precio de $3,24 cada una, más $0,25 por envío e impuesto de ventas, si corresponde*. Este es el precio total, y es un ahorro de casi el 20% sobre el precio de portada. !Una oferta excelente! Entiendo que el hecho de aceptar estos libros y el regalo no me obliga en forma alguna a la compra de libros adicionales. Y también que puedo devolver cualquier envío y cancelar en cualquier momento. Aún si decido no comprar ningún otro libro de Harlequin, los 2 libros gratis y el regalo sorpresa son míos para siempre.

416 LBN DU7N

Nombre y apellido	(Por favor, letra de molde)	
Dirección	Apartamento No.	
Ciudad	Estado	Zona postal

Esta oferta se limita a un pedido por hogar y no está disponible para los subscriptores actuales de Deseo® y Bianca®.
*Los términos y precios quedan sujetos a cambios sin aviso previo.
Impuestos de ventas aplican en N.Y.

SPN-03   ©2003 Harlequin Enterprises Limited

Deseo®

Un mundo de sensaciones
Alexandra Sellers

Sólo se habían visto una vez, pero durante ese único encuentro, Jalia Shahbazi se había dado cuenta de que la vida que ella deseaba estaba en peligro. Así que huyó del país del que era princesa y regresó a Europa, donde podía ser ella misma y no la presa del hombre al que el pueblo llamaba el Halcón: el jeque Latif Abd al Razzaq Shahin. Y cuando vio que era imposible mantener la distancia, utilizó la única arma de que disponía. El anillo de otro hombre.

Pero Latif descubrió la mentira y supo que no había otro hombre, del mismo modo que adivinaba la pasión contenida de aquella mujer...

Primero descubrieron la pasión, después encontrarían el amor...

¡YA EN TU PUNTO DE VENTA!

Bianca®

Ella había prometido hacer cualquier cosa para no perder la casa familiar... y no sospechaba hasta dónde tendría que llegar...

El arrogante millonario francés Marc Delaroche deseaba a Helen Frayne como jamás había deseado a ninguna mujer en su vida. Estaba seguro de que se vendería a sí misma con tal de no perder aquella ancestral casa... y poco después comprobó que no se equivocaba cuando ella accedió a casarse con él... ¡por conveniencia!

Sin embargo, Marc no tenía la intención de cumplir su parte del trato. Él quería disfrutar de todos sus derechos de esposo... ¡especialmente en el dormitorio!

Bianca®

En posesión de un millonario
Sara Craven

En posesión de un millonario

Sara Craven

¡YA EN TU PUNTO DE VENTA!